時有ってか尽きん

竹中淑子

時有ってか尽きん／目次

第一章　サバティカルのロンドン　一九九九年〜二〇〇〇年

時有ってか尽きん

天長地久有時盡　天は長く地は久しきも　時有ってか尽きん

——白居易「長恨歌」より（岩波文庫『中国唐詩選(下)』松枝茂夫編）

第一章　サバティカルのロンドン

一九九九年〜二〇〇〇年

ロンドンの花屋

ロンドンに来て、まだ花を買わない。

街を歩くと、新聞売りの店と同じつくりの花屋を数多く見かける。もしや、コックニィを話すイライザのような花売り娘がいるのではと、花屋の店先をのぞいてみるのだが、どこにもきまって買いたきゃあ買っていきなあといった顔の花番がいるだけだった。

色とりどりの小つぶなバラが並んではいるのだが、どういうわけか香りがない。野のバラなら土の匂いが残っているだろうに。温室で育ったバラなら絢爛豪華に咲き誇っていてほしいものを。それに私は、ポピー類がどうしても好きになれない。向日葵が顔をそろえていたり、紫陽花の鉢植えが置いてあったりすると、梅雨が来たわけでもあるまいにとか、夏でもあるまいになどと思ったりする。しかしすぐあとで、ここはロンドンであったと気がつく。

日本を発ったのは桜の季節ももう終わりという頃だった。大学を定年退職なされ、鎌倉の住人になられて久しいO先生が、北鎌倉の山桜を眺める会を催すからと招いてくださり、併せて私のロンドンへの旅立ちの壮行会にしてくださった。

その日、山桜はまさに満開で、O先生宅の裏庭から眺めると、山全体が淡いバラ色に染まって見えて美しかった。そんな北鎌倉も、今はもう山藤の季節になって、ひと雨ごとに輝きを増す新緑の木々の間には、自生の山藤の楚々とした紫の花房が見られる頃だろうと、ふと故郷のことを思う。

「花を買ってくるわ」

と、朝、ウェストミンスターの家を出たのは『ダロウェー夫人』だ。ヴァージニア・ウルフの同名の小説の主人公である。彼女は、ウェストミンスターにあるヴィクトリア・ストリートを横切り、セント・ジェームス公園にやって来る。そしてそこで、静寂のなか、ビックベンが時を告げる鐘の音を聞く。それからザ・マルを越えて、グリーン・パークを通り、ボンド・ストリートにある馴染みの花屋へ向かって歩いていく。

時は一九二二年。第一次世界大戦も終わり、ナショナリスティックな帝国意識に満ちていたロンドンの、それは六月のある美しい朝のことだった。

――人生、ロンドン、六月のこの瞬間……。

これらすべての中に、私の愛するものがあると、ダロウェー夫人は謳っている。

この小説の底を流れる「時の無常」、あるいは「老いゆかざるをえない人間の悲哀」というったものに、私は強く共感をおぼえる。

六月のロンドンはたしかに美しい。日本でよくいう「新緑の五月」という言葉は、ここロンドンでの「青葉の六月（the leafy month of June）」に対応するものであろう。緯度が樺太《カラフト》（サハリン）と同じロンドンが、菩提樹、橅《ぶな》、プラタナス、オークなどすべての木々が生い茂って、最も生命力にあふれた季節になるのは、五月の雨のあとに訪れるこの六月なのである。

ところで、ヴァージニア・ウルフのこの小説は、意識の流れにそって登場人物の心の深部へと、いわばトンネルを掘っていくような手法を用いた、なかなか難解な作品である。その流れの中に、さまざまな人物や事件が次々と取り込まれていく。この著者だからこそ小説として成功したのだろうが、並みの才能の作家がこんな手を用いたりしたら、さて一体どうなったことか。

そんなことを考えながら、私はまた、はたと気づく。さあてと、「花を買ってくるわ」と言って花屋に向かったダロウェー夫人は、一体何の花を買ったのだっけ……と。その花がどうしても思い出せないのである。この小説の最後の一行が、

――そこに、彼女がいたのだった。

という文章であったことは思い出せたのだが……。

ロンドンの花屋といえば、もう一人思い出されるのが、ロジェ・マルタン・デュ・ガールの小説『チボー家の人々』に出てくるジャック・チボーという人物のことである。

このジャックとロンドンの花屋との関わり合いは、次のようなものであった。

当時、父親との不和から失踪中であったジャックは、家族や故郷の人たちから、もう死んでしまったのではないかと思われていた。そんなジャックがあるとき、故郷のある少女にあてて、ロンドンの花屋から真紅のバラを送ったのである。送り主不明のバラの花であったが、それを受け取った少女にだけは、その送り主がわかった。そして少女は、そのロンドンの花屋をたよりにジャックの行方を捜すという展開になっていた。

この有名な大河小説『チボー家の人々』（山内義雄訳）は、私の青春時代の愛読書の一つ

であった。夜遅くまで勉強していると、疲れているにもかかわらず頭だけはいつまでも覚めていて寝つかれない。そんなとき、眠りに落ちるまで決まって取り出してきて読んだのが、この『チボー家の人々』のなかにある「美しい季節」と「一九一四年夏」の部分であった。その頃、私は九州にある大学の理学部数学科の学生で、世は六〇年安保闘争の真っ只中にあった。

日米安保条約の批准に反対し、東京では、数十万にも及ぶ学生や市民のデモが国会周辺を埋め尽くし、機動隊と激しい衝突を繰り返していた。そしてついに六月十五日、学生たちが国会の構内に突入、土砂降りの雨と流血のなか、東大生の樺美智子さんが死亡するという惨事が起こった。

福岡でも安保反対のデモは激しく、学生だった私たちも大学の授業放棄を決議して、市内を練り歩くジグザグデモに参加、博多を代表する繁華街の東中洲や呉服町でシュプレヒコールをあげ、市電を止めたりもした。言うまでもなく警察の機動隊はジェラルミンの盾で学生たちの行く手をさえぎり、私たちに放水してきた。

しかし六月十九日午前零時、安保条約は自然承認された。私のいた大学も一時、学生たちによって封鎖され、講義が受けられない状態がしばらく続いた。(それから四〇年後の昨年、日米安保条約を拡充するものといえる「ガイドライン関連法」が成立したのだが、そのとき国会周辺では何事もなく、いつもと変わらず平穏そのものであった。まさに昔日の感に堪えない。）

しかし、私は当時、人並みに青春を謳歌し、当世風学生のやることは何でもひと通り自分でもやることだけは忘れていなかった。曰く、テニス、ダンス、ボーリング、山歩き、英会話などなど……。

いつもたくさんの友人や先輩に囲まれて、華やかで楽しくはあったが、そんな楽しさのあとにやってくる空しさ。結局は何事も思い通りにはならないというもどかしさ。しかも大学で選んだのが理学部、とんでもない学科、自分に不似合いな学科を専攻してしまったという中途半端な思いも強くあった。その少し前までは三六〇度、大きく開かれていた自分の行く末も、途端に狭まくなり、もう六〇度の範囲内にしか我が進むべき道は、我が前途は広がっていないのではないかという心細くも不安な思い。また、青春の真っ只中にありながら、そんな青春の日々が無為に過ぎていくのではないかと嘆く、感傷にも似た思いもあった。

花美しく咲くとき
そは再び還らずとも
嘆くなかれ
その奥に秘められた
力を見出すべし

こういう詩をよく口ずさむ日々であった。

そんな青春の日々に、「美しい季節」の中で、ジャックとその幼な友達のジェンニーが繰り広げる物語は、私の心をとらえて離さなかった。お互いに心ひかれながらも意思を通わすことが不得手な二人。川辺で語らい、テニスをする二人。ショパンの第三エチュードを弾くジェンニー。壁面のキス……。やがて二人は青年へと成長していく。

今にして思えば、「青春の……」という枕言葉は、このジャックとジェンニーのためにあった言葉のようにさえ思える。はにかみ、大胆、血気、過激、潔癖、その他なんと言ったらいいだろうか、……既成概念や秩序への反発、中途半端な物事に対する憎悪などなど……。

そんなジャックが戦争という苛酷な現実に直面することになる。当然、人に死を強要する戦争など認めるわけにはいかない。戦争は政治家や資本家たちの野心の産物だと、それを阻止するために立ち上がり、彼らと闘うため、インターナショナルな理想に従う反戦家として活動しはじめる。パリで総動員令が発令されたにもかかわらず、徴兵拒否をし、最後の手段として死を賭けた行動にでる。それは独仏両国の兵士に向かって、「戦争をただちに放棄せよ」というアジビラを、独仏両軍が対峙する最前線にある二つの塹壕に投下することであった。

何十回と読んだそのアジビラの文章は、私の若い記憶装置に強力にインプットされてしまっていたとみえ、それから三十年以上たった今でも、かなりの高い精度で、私はそれをアウトプットできる。

――フランス人よ、ドイツ人よ。諸君はだまされている。諸君は、侵略者の不正な侵入に対し、祖国を守りに行くのだと思いこまされている。

――戦争にかりたてられる国民の誰ひとり、人民投票により意思を問われた事実があるだろうか！　諸君は、内容を教えられず、死に向かってかりたてられている。敵……何がいったい敵なのか。フランス人とドイツ人……すべて出生における偶然なのだ。諸君は同じ人間なのだ……。そして犠牲者たることには変わりはない、虚偽をおしつけられた犠牲者なのだ。

——諸君はいま、銃に弾をこめて向かい合い、命令一下愚劣にも殺し合おうと身がまえている。しかも諸君は互いに知ってもいないし、なんら憎み合う理由もなく……。どうして人殺しをさせられるかさえ知らされてはいないのだ。

そして、さらに彼は呼びかける。

——あした同時に、日の出とともに、フランス人よ、ドイツ人よ。いっせいに立て。武器を捨て、そして戦争を拒絶せよ。

この独仏両国語で書かれたアジビラを持って、ジャックは飛行機で、独仏両軍が対峙するアルザスの戦線へと飛び立っていく。しかし、たった一枚のビラをまくこともなく飛行機は墜落、あわれジャックはアルザスの野に、二十五歳という若さで生を終える。

ジャックのこの純真な行動を、愚行だといって笑うことのできる人はいるであろうか。

――もしも突然、両軍の間に、ひとつの良心がひらめいて、この厚くたたんだ嘘を引き裂いたとしたらば……、火を吐く戦線を間にはさんで、みんな等しく、自分たちがかりだされたことに気がつくことになったとしたら……。

ここにある「ひとつの良心」、これこそがジャックの思いだったのだろう。

実は最近になって私は、このジャック・チボーの行動を地でいった人物が実際にいたことを知る。イギリスで「田園都市の父」といわれているエベネーザ・ハワード（一八五〇～一九二八）がその人である。これは、高橋哲雄氏の『イギリス歴史の旅』（朝日選書）を読んで初めて知ったことで、大変興味深くもあった。その本によると、話はこういうことであった。

ハワードは第一次大戦が勃発したとき、反戦・平和主義の立場から、飛行機をチャーターして自らそれに乗り込み、ベルギーからスイスに至る広大な地域に反戦のビラをまき、ドイツの国民に向けて、反戦・反皇帝の蜂起を訴えようという計画を立てた。そして、その計画の内容を友人の劇作家ジョージ・バーナード・ショーなどに、手紙で知らせた。その手紙には、ビラの文案からその重量にいたるまで、彼の立てた計画が詳しく書かれていたという。

しかし、反戦には同意し、かつ何人にもひけをとらない奇抜な意見の持ち主として知られるアイラルランド生まれのショーも、さすがにハワードの考えには辟易したらしく、すごい計画ではあるが、それが実行不能な計画であることを指摘し、おとなしく家に留まっているようハワードをたしなめたという。時にハワード六十四歳、ショー五十八歳の出来事であった。

ちなみに、ショーの戯曲に『ジョン・ブルのもう一つの島』という作品があり、そこでショーは、ハワードのことを思わせるような、ドン・キホーテ的な行動力があって、かつ純粋でひたむきな突貫型の、英雄的ではあるが愚物としかいえない人物を描いている。

さて、ハワードのこの反戦行動はからくも中止させられたのだが、しかし「明日の田園都市」という彼の提案による田園都市づくりの構想は立派に実を結び、ロンドンの郊外に二つの先駆的な田園都市が実現、建造されて今もしっかり残っているということである。それにしても『チボー家の人々』の作者ロジェ・マルタン・デュ・ガールは、この話のことを知っていたのであろうか。

あれやこれやと、とりとめのないことに思いをめぐらせつつ、今日もまた一日、ロンドンの街を歩く。ときに花屋の店先をのぞきながら。セント・ジェームス公園の芝生でひと休みし、ピカデリー・サーカスを通りすぎ、気がつくといつのまにかオックスフォード・サーカスまで来てしまっている。次に出会った花屋で、香りのよいバラの花を見つけたら、あまり好き嫌いなど言わずひと握り買って帰り、一人住まいの部屋に飾ってみようかと、そんな気分になっていた。

メゾンラフィット

「メゾンラフィット」――この心地好い響きの言葉は、『チボー家の人々』に出てくる地名の一つである。そこは、青春時代の私を虜にした小説の主人公たち――チボー家とフォンタナン家それぞれの別荘があったところで、このメゾンラフィットを舞台に「美しい季節」の物語は描かれている。しかし、当時の私は、この地名が実在するフランスの土地の名前であることなど思ってもみなかった。作者の作り出した架空の土地で、パリからずっと離れた田舎の、緑濃い川のほとりにある村であろうと、勝手に想像していた。

ロンドンに滞在することになって、私はまず六月のアスコット競馬場へ出かけようと計画していた。さらに、もし機会があればフランスに渡り、ブローニュの森の中にあるロンシャン競馬場で、秋の凱旋門賞を観戦し、そのあとシャンティやフォンテーヌブローにも行ってみたいなあと思いながら、私はヨーロッパの競馬ガイドブックを手に入れた。そして、その案内書の中のあるページに、メゾンラフィットという名を見い出したのである。そこには、パリ市街から北西に十六キロの地点、セーヌ河畔の静かな土地にあると書いてあった。もしかして、いやきっと、あのメゾンラフィットに違いない。メゾンラフィットは実在していたのだと、私はそう確信したのだった。

イギリス滞在中、折をみて私はパリを訪れることになり、パリに滞在している友人の「どこか行きたいところがあったら言ってくださいね」という申し出に、さっそく、

「メゾンラフィットに行けないかしら……？」

小説の舞台になった土地を訪ねたいなどというセンチメンタルな旅のリクエストを友人に笑われてしまうのではないかと気にしながら尋ねてみたのである。

「え？　メゾンラフィット。そこって何があるところでしたっけ？」

「ほら、あの、チボー家の……」

「ああ、思い出しました。ジャックとジェンニーの、あのメゾンラフィットですね。私もあの小説、高校生のころ読みましたよ。でも、あなたがそんなことを言うなんて、ちょっと意外ですけれど……」

と戸惑ったように言いながらも、是非その懐かしい地名の場所にご一緒しましょうと応じて

くれた。そして、彼女は何やら調べながら、駅前に観光案内所があること、そのすぐそばにいいレストランがあることなどを知らせてくれた。

十一月末のどんより曇った寒い日、パリのサンラザール駅からRERに乗り込む。セーヌ川を二度目に渡ったところが、目的のメゾンラフィットであった。

駅前の案内所に行って、友人が流暢なフランス語で「実は、『チボー家の人々』ゆかりのこの地を訪ねてやってきたんですけど、何か資料はありますか」と尋ねる。すると、この近辺の地図を手渡してくれ、「マルタン・デュ・ガールは、ここにある白い家に住んでいました」と、地図に赤丸をつけてくれる。「他に何か見るべきものはありませんか」と尋ねると、「いえ、そこしかありません」と言ったあと、「たまに、日本人が訪ねてきますがね……」と付け加える。お礼を言って外に出ようとすると、「明日であれば、一時から競馬がありましたのに……」という声が背後から聞こえてくる。どうやら、このインフォメーション・センターは競馬愛好家のためにあるようで、もらったパンフレットの表紙が馬の絵であるばかりか、中も、トレーニング・センターや競馬場の美しい写真で埋まっていた。

説明書によると、旧メゾンの地所は一六三四年から四九年にかけて、この地の領主ルネ・ドゥ・ロングィユがここに城を築いたことに始まるといい、ルイ十六世を迎えるために築いた、それは立派な城であったという。王妃マリー・アントワネットの母、マリア・テレジアなども何度かこの城に滞在していたともある。その後、一七七〇年、ルイ十六世の弟アルトワ伯爵（のちの、チャールズ十世）がこの城を買い取った。彼は大変な馬好きだったので、彼によってこの地でレースが始められたとあった。

あとでわかったことなのだが、その時代以降のことは、実は『チボー家の人々』の中にちゃんと記述されていた。まず、その部分を引用しておこう。

――サン・ジェルマン・アン・レーの森に接した旧メゾンの地所は、王政復古の時代に、銀行家ジャック・ラフィットの手によって買い取られた。その後ラフィットは経済的理由で、城だけを残し、庭になっていた五〇〇ヘクタールの地面を分譲することになった。ただ彼は自分の屋敷の周囲の風致がそこなわれることをおそれ、樹木の伐採などに厳しい規制を講じておいた。この心づかいにより、この地は二百年をこえる菩提樹の並木道がたがいに仕切りも塀もなく、その植え込みの中にほとんど隠れている一群の小さな所有地のあいだを堂々とつらぬいて走っている。

とこんなふうに描写されている。

地図をたよりに、私たちは北西の方向へ歩き出す。ポプラが植えてある細長い芝生の公園に沿って行くと、シャトル広場というところに出た。そこから南には城が見え、北には、その城へ向かって真っ直ぐに、幅五十メートルもあろうかと思われる道が、数キロ先まで延びている。

五十メートル幅の道とはいっても、本来の道としての用途をなしているのは、両脇にあるわずかな部分だけ、中央は芝生の帯、その両横には菩提樹の大木の並木が延々と続いていて、またその脇も芝生である。少し進むと、この道の先に円形の広場があり、そこを中心にしてまた八方に道が延びるといった作りになっている。なんとも美しい田園の公園都市ではないか。

人っ子一人いないこの大通り、アルビナ通りの片側の芝生の上を歩く。冬なお青い芝生に、菩提樹の赤茶けた枯葉が舞い落ちて鮮やかだ。そんな枯葉の上を、かさかさと音をたてながら私たちはなおも歩く。いつまでも人影はない。

「これ、煮ても焼いても食べられない実なのよ」

と栗に似た木の実を拾ってみたりする。

「分譲されて一五〇年もたつのだから、この敷地に住んでいる人たちも、それから三代も四代もたっているんでしょうね……。敷地の広さといい、家も立て込んだりしていないから、分割されているようには見えないけど、日本では、こうはいきませんよね。相続税なんか、こっちではどうなっているのかしら」

と話が急にせちがらく現実味を帯びてくる。東京の田園調布あたりでは、一代たつごとに宅地が小さくなり、家が次第に立て込みはじめ、アパートなども増えてくるのは、相続税が高いからという日本の現実を思ってのことである。

「ここでは、きっとラフィットさんの規制が生きていて、住民たちそれぞれがそれをしっかり守っているのでしょう。だからここは、ラフィットさんの頃のままのメゾンラフィットなのね。どの家も千坪はあるようだし……」

「こんなに美しいイル・ド・フランスがあるとは、私、知りませんでした」

とフランスに長く住んでいる友人も言う。

三十分も歩くと、そこはアルビナ通りの二十六番地。うっかり見落とすところだったが、いま目の前にある白い家が、かのマルタン・デュ・ガールが住んでいた家であった。

黒い木の柵状の塀に、小さな石のプレートがつけられ、そこに、

と書かれていた。小説家は五年間ここで少年時代を過ごし、その思い出がたくさん『チボー家の人々』に甦っているというほどのことであろうか。

この白い家の横からさらに奥へ、アカシア並木の小径が延びている。

「ジェンニー・フォンタナンの家って、この小径を入って、サン・ジェルマン・アン・レーの森にぶつかるあたりに、きっとあったのよ……」

アカシアの落葉を踏みしめながら、私はその小径をたどって、奥へ奥へと入っていきたい

Roger MARTIN du GARD
habita cett maison
de 1890 a 1895
Les souvenirs
reviendront plus tard
dans les THIBAULT

メゾンラフィット

衝動にかられた。

——フォンタナン家は公園のはずれ、森の近く、昔の城郭の塀に接して、フォンタナン夫人がその母から相続した古い住まいをもっていた。ほとんど通る人がいないため、いつも背の高い草の茂っているアカシアの並木道が庭の土塀につくられた小さな門と大通りの門をつないでいた。

あの小説の中には、たくさんのフォンタナン家の描写がある。別荘は、森かげに忘れられた農家といった感じだ、とある。

——いくつもの建物が、かつては猟舎であったらしい高い窓のついた、何度となく手を加えられたらしい建物を中心に集まっていた。さらにこの家の人々は食事をすませると、かつてのソ・ドルーとして作られた濠へとつづく、テラスに出る決まりになっていた。そのテラスは二本のプラタナスの陰になっていた、という描写もある。このあたりの自然を描写した表現は現実味を帯びていて、とても素晴らしい。

「その辺に、テニスコートもありそうな気がするわ」

と私が言う。

ジャックとジェンニーが子供の頃、テニスに興じているシーンが脳裏に甦る。仲間たちがみな昼食をとりに行ってしまっても、まだコートに残っている二人。ジェンニーはあくまで鉾を収めないといった調子で、ジャックに言う。

「シングルで四ゲームするわよ」

そして、試合に負けたジャックに、こう言う。

「これはノーカウント。あなたは気乗りがしていないのだから。いずれ復讐戦をするんだわね」

今も、白球を打つ音が、ジェンニーのさわやかな声が、アカシアの木々の間から聞こえてきそうだ。

寒さがだんだん足から体全体に伝わってくる。この場所から立ち去りがたい気分だったのだが、初冬の寒さには勝てず、仕方なく私たち二人はもと来た大通りへと引き返す。

「チボー氏の別荘はこちらのほうでしょう。城の近くで、東北の方角だということだから」

——チボー氏の別荘は城の東北、白い木柵をめぐらした小さな芝生の上に建てられていた。そこはいつも大きな樹々が影を落としていて、中央のところには、つげの植え込みにかこまれた水盤がつくられていた。

そんな描写のあったことを、私は思い出していた。

「日本ならこのあたりに、チボー家の人々ゆかりの地として、碑のひとつも建ちそうじゃない」

と、どちらからともなく言う。

たしかに日本では、歌人やら作家の、なくてもがなの歌碑や文学碑がやたらと目につく。かつて有楽町の数寄屋橋には、「真知子と春樹、ここで会いき」という碑まであったというではないか。

メゾンラフィットの説明書にも、どういうわけか、マルタン・デュ・ガールの名前は出てこない。文学者のジャン・コクトーや、あの悪名高きアル・カポネなども一時期住んでいたとは書いてあるのだが……。

「マルタン・デュ・ガールって、フランスではあまり人気がないのかしら」

「うーん、どうでしょう。『チボー家の人々』もどうなんでしょうね。愛国心の強い国だから……。反戦運動とか、徴兵拒否とか、軍備の完全撤廃とか、そういうことがどうなのかしら」

たしかに「一九一四年夏」よりあとの部分、「エピローグ」の出版は難航したというし、日本語訳も「一九一四年夏」と「エピローグ」は、第二次世界大戦後にやっと出版されたのだった。

「それに、家庭での反抗ぶりや、父親との確執……そういったものが親に、子供たちには読ませたくないと思わせるのではないかしら」

「父親にしても兄にしても、反抗児ジャックを突き放すだけで、対話がなかったとか……今の子供たち、日本でもこの小説、あまり読んでいないようですね」

「小説にも、はやりすたりというのがあるでしょう。マルタン・デュ・ガールも写実主義的な大河小説家と軽くあしらわれ、アンドレ・ジッド、ロマン・ローランなどの大文学者の時代は終わったと……。その後は二十世紀前半の新しい文学の担い手のほうがもてはやされるようになって」

「サルトルとかカミュのこと?」

「そう。でもアンドレ・マルローみたいに、この小説をすごく評価している人もいますよね」

文学の世界にも絵画の世界のように、印象派だの野獣派だの抽象派だの……そういう時代の主流があったとしてもおかしくないということか……。


城のある場所まで歩いていくと、見え隠れするようにして流れているセーヌ川が見える。川辺の草も、今はもう枯れているだろう。あまり長い時間、私のセンチメンタル・ジャーニーに友人を付き合わせるのも申しわけないような気がして、川辺まで行かずに、冬が足早に訪れはじめたメゾンラフィットをあとにする。付き合ってくれた友人に感謝しつつ。

それにしても、この美しい地を舞台に、作家マルタン・デュ・ガールもずいぶんと苛酷な運命に翻弄される人物を作り出したものである。「美しい季節」の舞台となり、主人公たちの青春の園でもあった、ここメゾンラフィット。

戦争はまた、この地にも大きな変化をもたらす。小説ではその後、チボー家とフォンタナン家の別荘は一つに統合された形になり、そこに両家の残された人々が一堂に集まって暮らすことになる。やがてチボー家の別荘は、傷病兵療養のための病院に改造されることになる。

パリの天文台通り

十一月も終わりに近いパリ。チュイルリー公園の東端に位置するホテル・レジーナで、私は十日間過ごす。

ちょうどその日、今年初めての寒波の到来とかで、枯葉の舞い散る底冷えする厳しい日になった。チュイルリー公園のすでにもうだいぶ散っていた葉が、また一段と少なくなり、その分、きれいにしつらえられた花壇やベンチ、それにギリシャやローマの神々の石像がやたら浮き上がって目につく。その寒々としたたたずまいが、これから来るパリの本格的な冬の寒さを思わせる。

セーヌ川をはさんで建つ一連の建物たち、オルセー美術館やルーブル美術館、セーヌ川にかかる二つの橋、ロワイヤル橋とカルーゼル橋、水面に姿を映しながら両岸に立ち並ぶプラタナスの並木。それらの彩なす形と、色の調和の見事さ。どれ一つとっても不快なものがない。一音とて不協和音のない旋律を聞いているような心地好さが、このあたりには漂っている。

メゾンラフィットと同様、実在の地名であることがわかった、フォンタナン家の邸宅があったとされている「パリの天文台通り」を探すのがこのパリ滞在の一つの目的であった。「パリの天文台通り」は『チボー家の人々』ゆかりの地であるだけでなく、実は私の祖父もまた、このあたりを何度か訪れていたというから、祖父ゆかりの地といってもいい所である。ある朝、その「天文台通り」を探しに出かけた。

ホテルの前にあるジャンヌ・ダークの像や、カルーゼルの凱旋門などを眺めつつ、ルーブルのガラスのピラミッドのある広場を横切る。カルーゼル橋を渡るともうセーヌの左岸で、その川岸をゆっくり歩いてフランス学士院の建物まで行く。細い路地に入り、ファラディーの像のあるところで、セーヌ通りを探そうと地図を開くと、この路地がもうセーヌ通りの一部であることがわかった。

セーヌ通りは、両側にびっしりと古い建物の並ぶ、画廊の多い狭い通りであるが、進むほどに賑やかになってきて、カフェや食料品店などが増えてくる。サンジェルマン大通りを横切ると、通りの名はトゥルノ通りとその名を変える。その通りを十分ほど歩いて、突き当たったところに、リュクサンブール公園の入口があった。

リュクサンブール公園は、リュクサンブール宮の前にある池を中心に、左右対称に幾何学的に構成された美しいフランス風庭園をもった公園である。宮殿はマリー・ド・メディシスが、夫であるフランス王アンリ四世の没後、故郷のフィレンツェにあるパッティ宮を偲んで作らせたものだそうだが、今は国会の上院として使われている。

池の前のベンチに座り、四方を見渡す。南には、その中に細長い芝生の公園をもった大通りがどこまでも延びていて、目を凝らすと、その大通りの並木の隙間から、かすかに白いドームが見える。たぶんあれがパリ天文台のドームであろうから、天文台通りもその方向にあるのだろうと見当もつく。

東に目を移すと、石の像がある広場の彼方に、これまたドームが……。こちらのほうは明確に見える。あれがパンテオンか！

――セーヌ河を渡り過ぎ、巴里大学を眺めつつ、リュクセンブルク公園に遊べば、近くパンテオンの堂宇も見ゆ。

という祖父の旅行記の文章が思い出される。天文台かパンテオンか、二つのドームのうちどちらを先に見に行くべきか、ちょっと迷ったが、そこはやはり架空の人物より実在した人物、つまり祖父ゆかりの地を優先すべきだろうという理屈で、パンテオンを先に見に行くことにする。

祖父は、一九〇七年から一九一一年まで足掛け五年、「物理学研究のため留学を命ず」という文部省からの辞令を受けて、ドイツのゲッチンゲンを中心にヨーロッパ各地をめぐり研究と視察の日々を過ごした。そして、何冊もの本を書き残した。このパリにも何度か訪れていて、そのうち一度は、パリ大学のそばにしばらく下宿していたようだ。四分の一だけ血を受け継いでいるわけだが、私が生まれるずっと前にこの世を去ってしまい、会うことも話すこともかなわなかった祖父である。

パンテオンは、リュクサンブール公園のすぐ近くにあって、かつてパリの守護聖女ジェヌヴィエーブを祀っていた丘の上の古い教会を、ルイ十五世が寺院として再建したもので、正面上部に「フランスに尽くした人々のために」という文字が刻まれている。そのフランス語が私にも読めて、なんだかうれしくなる。

私のほか見学者も見当たらず、がらんとした場内。やっと一人、やってきた人を見つけて、その人の後ろからついていくと、地下埋葬所に出る。そこは哲学者や文豪などフランスの偉人たちを合祠した廟であった。

ジャン・ジャック・ルソーの柩と、論敵ヴォルテールの柩がにらみ合うように対面して置かれている。ヴィクトル・ユーゴーとゾラが同じ部屋で眠っている。何やらロンドンのウェストミンスター寺院の埋葬所のことを思い出してしまった。そこには、王族が眠る立派な柩が置かれた立派な室がいくつもあるのだが、敵同士というか、エリザベス一世と、彼女によってロンドン塔に幽閉されたスコットランドの女王メアリー・スチュアートとが、通路を隔てた、左右の室で眠っているのを知っていたからだ。そのときも、なんとグロテスクなとの思いで、すぐ逃げ出したものだが、埋葬場というのはどこもやはり薄気味が悪いものと、私はここでも早々に地上へと舞い戻った。

パンテオンのドームは、物理学者のフーコーが、地球が自転していることを証明するために振り子の実験を行ったところとしても知られている。そのとき使った装置がドームの下に置かれていると説明書きもあったのだが、残念ながら私には読めなかった。後日、祖父の本を読んでみると、なぜこの装置で地球の自転を証明できたのか、その詳しい説明がちゃんと日本語で書いてあった。

パンテオンを出たあと、サン・ジャック・デュ・オ・パ教会の前に来る。この教会の鐘楼は、今はサン・ジャック塔と呼ばれているが、パンテオン同様ここも、近代科学の歴史を飾る舞台となった重要な場所なのである。十七世紀、パスカルがこの塔の上で気圧の実験をし、大気には圧力があり、それは高度によって異なるということを実証してみせた記念の塔でもあるのだ。そんなパスカルの塔を見上げながら、かつてイタリアで、ガリレオが落体の実験をしたピサの斜塔を見たこと、イギリスのハンプトン・コートには、太陽が地球を回っているることを示す、おかしな天文台がまだ残っていたことなどを思い浮かべる。

歩きつつ、またしても繰り返し繰り返し反復している思いが、頭をもたげてくる。それは、九十年前、この異郷で祖父は何を考えていたのだろうかということである。もしや祖父の頭を占領していたものは「時間」というものではなかったかと漠然とは思っていたのだが、この場所に来て、今はもう確信に近い思いで、きっとそうであったに違いないと思うに至る。

祖父は「時の素量について」という論文を書いたことがあった。それは寺田寅彦随筆集を読んでいて、偶然知ったことであったが、それにはこう書いてあった。

「……論文は、東京数学物理学会に提出されたが、しかしなぜか学会の記事には載らなかった。あまり変なものだということで、どこかで握りつぶしたといううわさでもある。そういううわさのありうるほどオリジナルなものであった。しかし今読んでみたら、案外変でないのかもしれないと思う。彼はルクレチウス的要素を多分に持った学者であった」

アインシュタインとの写真も数枚残っている祖父の、寅彦の筆による若い頃の姿である。

この時代は、アインシュタインの相対性理論の考えが広がり、物理学に、とりわけ時間というものに対する考えに、大きな変化が起きる二〇年代のその前夜とでもいうべき頃である。ギリシャ時代から思索の対象であった時間は、ニュートンにより計量可能な量として科学に組み込まれはしたものの、二〇〇〇年続いたニュートンの「外部の何ものとも無関係に一様に流れる時間」という考えがゆらぎはじめた頃である。時間は相対的である。つまり絶対的なものでなく運動の仕方に依存する私の時間、あなたの時間という具合に……。

しかし、その考えのきざしは、実に二〇〇〇年前のローマの詩人哲学者ルクレチウスが叙事詩「物の本質について」で、〝時間そのものを感じることは誰にもできない、事物の飛翔と静止から時間を知るだけなのだ〟といみじくも述べているのである。

そのあとまた、リュクセンブール公園に戻る。そこから今度は天文台の白いドームを方角の目印にして、天文台通りを探しながら歩を進める。公園の端にある鉄柵を越えると、これまた中央に芝生の公園があり、茂った街路樹に守られるようにして続く大きな道に出る。並木の両脇には、豪華な邸宅とみまごうばかりのアパルトマンが軒を連ね、もしやこのあたりではと注意深く目をやると、この大通りの一番最初と思えるアパルトマンの壁に、プレートのあるのがわかる。

Av. de l'Observatoire

とあり、そのまま訳せば「天文台の通り」。ここが探していた「パリの天文台通り」なのであった。

——彼は、リュクサンブール公園の鉄柵のところで車をとめさせた。そして、それから先は歩いて、ほとんどはしるようにして道をつづけた。かつていくたびとなく遠くから、それをながめてきたあのバルコニー、あの窓のほうへ目を向けまいとつとめていた。

これは、天文台通りにあったジェンニーの家を訪れようとして心揺れるジャックの描写である。このシーンのあとに出てくる元老院の時計台とか、サン・ヴァンサン・ドゥ・ポール寺院前の小さな公園というのはどこなんだろう。今はもうなくなってしまったのかもしれないな、などと思いながら天文台通りを歩き、ポール・ロワイヤル大通りを横切ると、もうパリ天文台は目の前にあった。

このパリ天文台に関する記述は、なぜか祖父の著書にはない。当時ヨーロッパ各地にあった他の天文台のことについては詳しく書いているというのに……。

天文台の建物の四辺は、東西南北の正確な方位と一致していて、南正面がパリの緯度を示し、そこから天文台通り、リュクサンブール宮、サクレ・クール寺院を結ぶ一直線上にパリの街を南北に貫く基準子午線が通っているとある。どういうわけか、この界隈には病院が多い。サン・ヴァンサン・ドゥ・ポール病院、ポール・ロワイヤル病院などなど。

ジェンニー十五歳、祖父三十三歳、この二人の時空の軌跡が奇しくも一致し、この天文台通りで出会う。時は一九〇八年、聡明な少女ジェンニーと、東洋から来た若き学徒である祖父が、天文台通りでめぐり逢うという設定は、虚構のなかに実在の人物を登場させ織り込んでいくという手法を用いた『チボー家の人々』の作者ならずとも、そう奇妙でも作為的でもあるまい。こうやって想像を逞しくし、物語を組み立てていけば、私にも小説らしきものが書けるのかもしれない。

そんなことを考えているうち、「小説は人間をだめにする」と言ったという、祖父の逸話を思い出す。物理学者であり文学者としても知られるかの寺田寅彦は、本郷時代の祖父の後輩で、二人はよく議論を戦わせたらしい。そのことは寺田の『寅彦日記』にも書かれており、才気豊かな二人は、ある時は下宿で、またある時は赤門前にある学生の溜り場で、物理の実験の合間をぬっては話し合い、話題はいつも八方へ飛び散ったという。

「小説というのは、人間をだめにするのじゃあないのかね」

と言う祖父に対して、

「とんでもないことです。作者は想像の翼にのるからこそ、読者は情緒を養うことができるのです」

と寅彦が答える。すると祖父がまた反論する。

「僕にはその辺があやしく思えてね。小説は元々アインフューールング（感情移入）に基盤をおくのでしょうが。そうなれば読者の感情は逆に枯れてしまうんじゃあないですかね」

「それは逆ですよ。作者の感動の言葉が読者の感情と共鳴したとき、作品は完成するのだから」

「共鳴ついでに溺れてしまうからね」

「ところで君は小説が嫌いなの」

「嫌いではないですよ。でも心中ばかりやっているのは、やっぱり駄目です。ヨーロッパのものは、人間が生きているからな」


もし祖父が『チボー家の人々』を読んだら、どんな感想をもったものだろうか。そんなことを考えながら、天文台の周辺で数時間ほど時の流れに身をゆだねる。それにしても「あまり感情移入しすぎると、共鳴ついでに溺れてしまう」という祖父の言葉は、なかなか含蓄がある言葉だななどと思う。

私もこの場所にあまり感情移入しすぎないうちに、そろそろ帰らなければと、朝来た道を引き返すことにする。振り返りつつ歩いて、またリュクサンブール公園の鉄柵のところまで来る。公園のブロンズの像越しに、これが見納めと、もう一度後ろを振り返ると、ちょうど雲の切れ間から差し込んだ陽の光を受けて、プラタナスの葉が金色に輝いて見えた。あたかも散りゆく前の最後の輝きを競ってでもいるかのように。そして、その並木の先の二本のプラタナスが遠くで一つに重なったところに、天文台の白いドームが小さく、しかしはっきりと見えていた。逢うことのかなわなかった祖父との時を超えた邂逅を、この白い天文台のドームが、リアリティをもたせてくれたと思えたパリの一日であった。

祖父がヨーロッパから帰国して三年後の一九一四年、『チボー家の人々』にも描かれている第一次世界大戦が始まる。

ドイツがフランスに宣戦布告して始まったこの戦争は、四年の長きにわたって続けられた。歴史の本をひもとけば、このとき西部戦線では、英仏海峡北の海岸からスイス国境まで各所に塹壕を掘って、ドイツ軍と英仏連合軍が対峙し、膠着した戦線のなか、兵士たちの状況はまさに悲惨をきわめた。一九一八年やっと戦争は終結し、フランスは休戦協定に調印し、戦勝国にはなったものの、その代償はあまりにも大きく、一四五万の兵士を亡くし、一二〇万の傷痍兵をかかえることになった。

祖父が再び欧米視察旅行に出たのは一九一九年のこと、一九二〇年三月には、戦後のフランスの状況をつぶさに見ようと、ここパリにまたやってきている。その当時のパリの様子をありのまま詳細に書き記した祖父の文章があり、それによるとこうだ。
パリのレストランでは、食卓に布のナプキンがなく、紙のナプキンを使用している。砂糖もなければバターもなく、食塩さえ満足な品がなく、火打ち石で砕いたかのような粗雑な岩塩が置かれている。公園には人影もなく、動物園は犬と猫とニワトリで占領されていて、その他の動物はまったく見当たらなかった……と。
ここで祖父の文章から、戦時博物館に入場したときの感想を述べた部分をそのまま引用してみよう。

――今度の戦争がいかに科学的であり、日本の古武士などは夢にも思わなかった種類の戦争であることか。一九一六年ナンシィの戦いに使用された、人間を十四、五人も一束にしたような目方の砲弾が、三十八キロも飛ぶというのに驚く。品川湾の御台場を築いた徳川時代の古武士に見せてやりたいものだ。

また祖父は、一九一五年のベルダン攻撃に使われたというさらに大きな砲弾を見て、こうも書いている。

――人も入る大きさなので、一つ月の世界に向けて発砲してもらいたい。もし砲身を四十五度の高度に向け、毎秒十二キロの初速で打ち出すことができれば、再び地上には落下しないはずだから、あるいは月の世界に届くかもしれない。

さらに祖父は、パリ市の内外を大観したあと、ベルギーに向かっている。

――汽車でオアーズ河に沿って、サン・カンタン地方に到ると、戦争による損害が顕著に見える。大工場はすべて破壊され、鉄道本線、主要駅は損害多大にして、修繕間に合わず、支線を迂回している。このシャンパニュー地方のぶどう、りんごの果樹園が全部ドイツ軍によって荒らされ、一本残らず切られている。

――イーブル市に到る広漠たる平野は、墓標のみ林立し、一望千里、枝は折れ幹は裂け、花は更なり、葉の一枚だに見るよしもなし。鳥も鳴かねば蝶も舞わず、全くの死の国と化している。イーブル市に到れば、破壊せる教会堂の付近の小屋掛にして居残れるわずかな市民を見るのみ。大多数は何処に浮浪して居るものやら。

その後、ベルギーのリュージュ市やアントワープ港に行って、戦後のヨーロッパの悲惨な状況を目の当たりにしながら、祖父は日本に帰ってきた。

しかし、この悲惨な第一次大戦後にあっても、ヨーロッパは平和裡に均衡状態を保ち続けていくことはできなかった。『チボー家の人々』の作者もまた、平和的均衡が得られるようになるためには、この先まだ数百年の時を要するだろう。人類がもう少し賢明になれない限り、これから先も幾度となく愚かしい行為を繰り返すことになるだろうと、作中の人物に語らせている。

たしかに、二十世紀の人間にそれを実現することはできなかった。実際今も、世界各地で人間の愚かしい行為は繰り返されているではないか。

雨のウィンブルドン

ロンドンへ向かったのは、一年間の研究休暇（サバティカル）を大学からもらえることになったからである。大学に勤務して以来、二度目の研究休暇で、一度目のときはオーストラリアのクイーンズランド大学の数学研究室で時を過ごした。この研究休暇は留学に比べれば、かなり自由に過ごすことが許容されていてありがたい。その間、一冊の本を書き上げましたという人もいれば、日がな一日、毎日のように温泉に浸かって過ごしていましたという人もあり、人それぞれなのである。

私が親しくしている先輩や同僚にはテニス仲間が多い。同じキャンパスの教職員テニスコートの常連たちというわけである。もっとも、他のキャンパスからも大勢やってくるのだが、そういう連中が研究休暇や留学を終えたあと、どういうわけか皆が皆、テニスの「実力倍増」プレイヤーになっている。研究の合間にテニスに興じていたのか、テニスの合間に研究をしていたのか……。

なかにはフランスで「殺人サーブ」とやらを習得してきた同僚もいる。スピードはものすごいのだが、生憎、方向が定まらないというサーブ、方向が確実に定められるようになるためには、もう半年の留学延期が必要であったろうと惜しまれたものである。そういうフランス帰国組がコートに現われると、

「アバンタージュ」

「エガリテ」

などとフランス語がコートを飛び交い、コートはローランギャロスと化し、イギリス帰国組が登場すると、ウィンブルドンの雰囲気が漂いはじめる。

そんなこともあって、二度目の研究休暇はロンドンで過ごすことになった。住むアパートを探すより先に、私は、一九九九年度の全英テニス選手権、いわゆるウィンブルドン・テニス大会の入場券を手に入れることをまず考えていた。なにしろ、この大会のチケットを入手するのは非常に困難で、六月開催のこの大会の試合を見るためには、その前年の十二月には手続きを始めなければならないと聞いていたからだ。

十二月初旬、「オールイングランド・ローンテニス・アンド・クリケットクラブ」にチケ

ットを購入したい旨、手紙を書いて、申請の書類を送ってもらう。おもしろいことにその用紙には、どの試合を見たいのかとか、何枚ほしいのかなど、こちらの希望を書く欄はなく、その代わり、守らねばならないという規則の記載がやたらと多いのである。ここに書いた氏名と異なる人が入場してはいけないとか、結婚して名前が変わってしまった場合はどうせよとか、まともに全部読んでいたら日が暮れそうなほどだ。

当たる確率はかなり低いらしいが、どの程度かまではわからない。当たりすぎてもよくないからと、家族全員と友人たちの名を借りて、七枚応募するにとどめた。だが、一月末が抽選だというのに何の返事もない。さては全部はずれたか、二、三十枚応募しなければだめだったのかと思いはじめた頃、一通の手紙が届いた。くじ運の強い娘の名で出したものが一枚当たったのだ。それには、

六月二十九日
レディズ・シングルス
クォーター・ファイナル
センターコート
二枚

とある。六月二十九日に行われる女子シングルスの準々決勝をセンターコートで見られチケットが二枚当たったのである。男子シングルスのほうがよかったとか、苦労したのに、見ることができるのはたった一日だけか、などと言ってはおられない。やはり大魚を一匹、釣り上げたといったところか。

パーソナルチェックで送金すると、間違いなく二枚のチケットが送られてきた。二枚あるから、同じく研究休暇でフランスにいる友人と一緒に見ることができそうだ。彼女はその時期になったら、パリからロンドンに飛んでくるという。

イギリスに渡って六月になると、いよいよウィンブルドン大会開幕の日がやってきた。その日がきてみると、せっかくずっとロンドンにいるというのに、女子の準々決勝がある日一日しか観戦できないというのでは、なんとも情けないという気持ちになる。もっとも朝早く二、三時間並べば、会場に入場するチケットなら買えるというから、この際、トライしてみようと思う。どうせ暇なのだし、だめならだめでしょうがないと、出かけることにした。

ウィンブルドンは、ロンドンの中心部ピカデリーから地下鉄で一時間ほどのところにある。地下鉄サウスフィールドの駅に降り立つと、もうそこはテニス一色。駅のホームもテニスコートに模して、グリーンの人工芝が敷き詰められている。その芝の上に、コートの審判台のような形をしたインフォメーション・デスクが作られている。右も左もわからないが、とにかく人の動きについていく。

郊外の高級住宅地といった風情の街並み、この静かな場所に、一日十万人近い観衆が押し寄せてくるのだから、住民はさぞ迷惑だろう。けれど、大会開催期間中の十日間ほど、どこかに避難すればよいのだから、このあたりに住むのもいいかなあ、などと思いつつ前に進む。五〇〇メートルも歩いただろうか、そこに長い列の終わりがあった。

この人の列、いったいどのくらい続いているものかと前方を探るが、もちろん列の先頭は見えない。入場用チケットを購入するための列であることを確かめてから、その列に並ぶ。まさに牛歩。二時間でまた五〇〇メートルほど歩いただろうか、やっとテニス会場の入口が見えてくる。チケットはわずか六ポンド、千円ほどの値段。入場できたのは、第一試合の開始時刻十二時を少々すぎた頃であった。

すぐに掲示板の前に行き、本日初日の試合の組み合わせの一覧表を見る。

「ヤッター!」

と、たしかに私は小声で叫んでいたようだった。なんと第二試合に、杉山愛のシングルスの試合があるではないか。それも十六番コートとある。このコートなら、入場者は誰でも見ることができるからだ。なんという幸運。

杉山愛のことを、わが家では「あいちゃん」と親しみを込めて呼んでいる。もっとも、こう呼ばれる人が他に二人いる。一人は大阪在住の私の姪の愛ちゃん。そしてもう一人、いやもう一匹は、霊長類研究所のチンパンジー「アイ」こと、あいちゃん。こちらはオスより利口で文字や数字までわかるということから、わが家の女族に受けている。

ウィンブルドンの場内には、入場口から見て右手に、ひときわ大きな円い建物があり、これがNo.1コート。その横にNo.14からNo.19までのコートが並ぶ。中央の四角い四階建てほどもあろうかという建物が、最近できたセンターコート。そこからさらに、No.2からNo.13までのコートが続く。センターコートとNo.1コートは、そのチケットがないと入れないが、その他のコートで行われる試合は自由に見られる。No.2コートとNo.3コートがショーコートといわれるコートで、観客席が特別に広く作られていて、ここでは主にシード選手の試合が行われている。他のコートの観客席は意外なほど狭く、両脇に三列ほどあるだけ。また場内には、センターコートの試合を映すビッグ・スクリーンがあり、中には入場できなくても、芝生に座ってメインスターの試合を見ることができる。この日も、スクリーンにサンプラスやグラフ、それにご当地超人気のヘンマンの姿が映り、すごい歓声が中から聞こえてきた。
愛ちゃんの試合を観戦するため、No.16コートの最前列、サーブラインの少し内側の席に陣取る。早くも姿を現わし、練習を始めた愛ちゃんのつぶやきが聞こえ、額ににじむ汗まで見える絶好の位置。これほど近くで、プロの試合を見るのは初めて。テレビで見るのとではやはり臨場感が違う。

この一回戦は、ポーランドの選手との対戦だったが、六—一、六—二で楽に勝てた。試合終了直後にコートから通路に出てきた愛ちゃんに、日本人の気安さもあって、

「おめでとうございます」

と声をかけると、

「どうもありがとうございます」

と礼儀正しい返事がかえってきた。

愛ちゃんの二回戦は一日間をおいた三日目で、相手は世界ランキング二十二位のロシアのリコブセバという選手。一回戦同様、また一等席で観戦。二人を比べるように練習を見ていると、ストロークにしてもボレーにしてもサーブにしも、愛ちゃんのほうが上に見えた。きっとこの試合も勝つだろうから、運がよければ、二十九日の準々決勝まで残った愛ちゃんの

勇姿を、センターコートで見ることができるかもしれないと思った。

しかし、第一セットをタイブレークのすえ先取されると、二セット目はあっという間にリードを許し、六―一で負けてしまった。これは愛ちゃんの負け試合ではよくあるパターン。最初は互角、あるいはリードして戦っていても、いつのまにかトントントンと簡単に敗れてしまう試合がときにある。「こんなはずはない、こんなはずはない」と自問し、苦悩しつつ戦っている、そんな愛ちゃんの姿が目の前にあった。

さらに言うなら、この試合は二十センチに泣いたという感じの試合であった。強打のストローク、サーブ、ボレーなどがみな二十センチほどラインを越えてアウトになるのだ。この二十センチの微調整、何とかならないものなのか。私の素人考えでは、例えばラケットの張りを心持ち緩くするとか、そんなことで何とかなったのではないかと残念に思う。ラインを割ってしまうから、ラケットを振り抜くことができない。振り抜けないから球速が落ちる……。

この日の敗戦がよっぽどこたえたのだろうか、試合が終わると、愛ちゃんは早々に姿を消した。私も意気消沈してすぐコートをあとにした。試合後の記者会見でも「どうしたらいいのかわからなかった」と言って、愛ちゃんは声をつまらせていた。ずっとあとになって、愛ちゃんがラケットを替えたという話が伝わってきた。

隣のコートでは、日本人の吉田ゆかと中国人選手が組んだペアが出場する女子ダブルスの試合が始まっていた。ほとんど観戦する人もいない観客席に、私は一人ぽつんと座っていた。目で試合を追ってはいたが、心はもう、この場所にも、この試合にもなかった。九時まで明るい初夏のウィンブルドンとはいえ、夕方の七時をすぎると、さすがに陽も傾きはじめ、寒さも身にしみてくる。さっき見た蔦のからまる建物がペギー葉山の『学生時代』という歌を思い出させ、そこからの連想なのか、あるいは紅に燃える夕陽が私を遠い昔へと誘ったのか、私の脳裏に、夕陽に染まった松原のテニスコートが幻影のごとく現われた。そして、ともに青春を謳歌したテニス部の懐かしい友人たちの顔が浮かんでは消えた。

あの頃、一九六〇年代のあの頃、私は福岡にある大学の硬式庭球部の一員であった。当時はまだ軟式テニスのほうが一般的で、特に女子の硬式テニスの部員というのは珍しい存在だった。私の一級上の女性が二人、初めて入部し、私たちの学年になってやっと四人の女子部員が誕生したというわけで、そのせいか私たち女子部員はいつも大目に見られ、甘やかされていたような気もする。練習もあまり熱心にやっていなかったから、伝統ある硬式テニス部にとって、私たちはいわば「おじゃま虫」といった存在だったに違いない。

一方、男子のほうは、九州学生選手権や九州選手権でも常に上位をキープし、大学対抗の七帝戦でも常に強豪と称されていた。実際その当時は、後々までテニス部の黄金時代といわれるようになる輝かしい時代でもあった。

授業が終わると、部員は三々五々、箱崎にあるコートに集まってきた。一、二年生は六本松のキャンパスから、医学部生は医学部キャンパスから、誰もみな上手に授業とテニスを両立させていた。そのあたりは今の大学の体育会の学生たちとは違うところだと思うが、それはともかく、白球が闇に溶け込んで見えなくなるまで練習したものだ。汗を流す先輩や同僚、そして後輩たち……。

「何百本、何千本と、練習に練習を重ねた技は必ず試合に生かされてくる」

そう言って黙々と練習に励む選手たち。部の遠征費を捻出するために、金策に駆け回るマネージャー、後輩を鍛えるべく叱咤する先輩たち、みんなみんな素晴らしかった。

今もときどき、当時の部員たちが集まって、東京OB会も開かれている。かつての紅顔の美少年美少女たちもみな、もう五十五歳をすぎている。顔や体型はその頃と激変しても、不思議なことにテニスをやると、そのフォームだけは変わっていない。かつてみんなの憧れの的であった先輩たちの組むダブルスの試合は、どんなプロの試合より、見ていて心躍る。これぞ私にとってのオールスター・キャスト、と言わずして何であろう。

夢想から覚めると、ここはイギリス。ウィンブルドン大会の試合も後半戦に入り、二十九日の女子シングルス準々決勝の日も近づいてきた。これまで一日とて雨に見舞われることなく晴天続きで、コートの周りに植えられている紫陽花が、心なしか雨が恋しくて、元気がないように見えた。

約束の試合を一緒に見るため、パリからやってくる友人を迎えに前日、ヒースロー空港まで行く。エールフランスでやってきた友人と再会を喜びあい、乗り込んだ地下鉄が地上に出ると、晴れていたはずの空の雲行きが怪しい。思うまもなく雨が降りだした。その雨も、いつものシャワーとは違って怪しげだ。雨が降ってきたと、慌ててバスに乗り込んでも、目的地に着く頃にはもう晴れていたといった、最初の勢いは勇ましいが、すぐ止んでしまういつもの雨とは違うようだ。なかなか止みそうにない風情ならぬ、雨情なのである。

「もしかして、あなた、雨女だった?」

と思わず私は口にしてしまう。

「そうじゃないと思うんだけど、もしかしたら私、日本の梅雨を連れてきちゃったのかもしれないわ……」

「パリ経由ってことね」

どうやら彼女が言う通り、日本の梅雨をトランクに詰めて、鍵をかけたままパリ経由でロンドンまで運んできてしまったようだ。開けると待っていましたとばかり降りだす、そんな雨の降り具合であった。

心配していた通り、当日二十九日は朝からしとしとと雨また雨。けれども、家で雨よ止めよと待機していられるような気分ではない。夕方の九時、日没まで観戦する用意を整えると、家を出て、しばらくサウス・ケンジントンにあるヴィクトリア・アンド・アルバート・ミュージアムで時間をつぶすことにする。しかし、雨は止むどころか、むしろ少しずつひどくなるといった感じ。

「もう、こうなったら雨のウィンブルドンも話の種というものよ。とにかく行ってみましょう」

と気持ちを奮い立て、雨の中、ウィンブルドンに向かう。

サウスフィールド駅のプラットホームにあったインフォメーション・デスクも、こういう都合の悪いときは雲隠れするものとみえ、何の情報もない。あるいは、試合中止は当然のこと、あえてお知らせするまでもないということなのか。だが、雨の中とはいえ、今日はチケットを持っているのだから待つ必要もなく、堂々の入場、センターコートの指定席に着く。

周囲を見渡すと、会場の五分の一ほどの観客席は埋まっている。小さく見えるコートは、例のグリーンのカバーでしっかりと覆われて保護されている。でも、雨に降られて困るのはこのコートと、コートのごく近くにある、いわばかぶりつきともいえる席だけ、他の大部分の席の上には屋根がある。こんなことなら、新しく作ったというセンターコートくらい、雨でも試合ができるよう日本やアメリカのドーム球場のように、開閉式の屋根を作ればよかったものをと恨めしく思う。だが、それが伝統を重んじるイギリスのよいところなのかもしれない、などと思い直してみたりもした。

あの、テレビのウィンブルドン大会の中継放送でよく見かけるお馴染みのシーン。雨が一粒でも落ちてこようものなら、係員がさっとコートに飛び出してきて雨避けシートを被せ、試合を中断する。雨が止むとまた係員が出てきて、そのシートをはがし、試合再開となる。そんな名物シーンをどうしても残したかったということなのだろうか。気長に何時間も、試合開始を期待して待つ数百人の観客のなかには、私たちと同じように、遠く外国から来た人も含まれていることだろう。そんなことなど知らぬげに、雨は少し弱くなって止むかなと思うと、またパラパラと降ってくる。場内の天気予報が、雨雲がこの上空にとどまっていて、晴れる見込みはないと伝えているにもかかわらず、いっこうに立ち去ろうとはしない人たち。

夕方七時をだいぶまわった頃、やっと「今日は中止」とのアナウンスがある。すぐに場内のインフォメーション・デスクの前に長い列ができる。私たちもこの入場券がどうなるのか、つまり二十九日という日付が優先されるのか、準々決勝を見る権利が優先されるのかを聞かなければならないと、列に加わる。「このチケットはどこで買ったのか」と聞かれたので、「日本で買った」と答えた。すると、「それではそこに返金される」との返事。
「じゃあ、二十九日という日が優先で、延期された準々決勝は見れないということね」
「返金されるって言ってたけど、チケット代金だけのことなの？　日本でって言っていたんだから、旅費も返金されてくるかもよ」

この試合のために、パリからわざわざやってきて、一試合も見ることのできなかった友人には、申しわけないような気がしたが、後日、たしかに二枚のチケット代は日本の自宅の娘あてに、小切手で返金されてきた。もちろんチケット代だけ。

試合は中止になっても、なんとなく立ち去りがたい気分。ミュージアムの売店をのぞいて、かつての名プレイヤーの絵葉書を買う。

ボルグ、コナーズ、マッケンロー、レンドル。

ベッカー、アガシ、サンプラス。

キング夫人、クリス・エバート、マンドリコワ。

ナブラチロワ、グラフ、ヒンギス。

………………。

まるで童謡歌手や映画の子役のブロマイドを集めた子供の頃のブロマイド集めのよう。これらの絵葉書は誰にも出さずに眺めて楽しむことになるだろうなあと思う。

昔のウィンブルドンで繰り広げられた名試合のことなどの話をしながら、帰途につく。

「ボルグとマッケンローのものすごい試合、あったわね。八〇年頃だったと思うけど」

「ええ。ボルグが五連勝した試合でしょう。もちろん見たわ、テレビでだけど」

「ジュース、ジュースの連続で、フルセットの五セット、三時間以上もかかって……。両者とも死力を尽くしたといった感じで、テレビの中継放送が始まったのが夜遅かったせいもあって、終わったのが夜明けも近いという、長い試合だった……」

「五セット目をボルグがなんとか取って、やっと終了。ボルグがコートに跪いて天を仰いだのが、とても印象的でしたね」

「そうそう。次の日、ではなくてその日だけど、大学に行ったら、授業中の学生たちの眠たそうなことったら。こちらも眠たくて仕方なかったんだけど……」

「あんなすごい試合、そうはないでしょうからね。ウィンブルドンの、まさに名試合中の名試合……」

次の日、友人は早々にパリに戻っていった。律儀にも、連れてきた日本発パリ経由の梅雨も引き連れて……。おかげで、その後はまた快晴続き、一九九九年のウィンブルドン・テニス大会は、二十九日の雨の遅れをどこでどう取り戻したのか、予定通りの日程で無事終了した。

ロイヤル・アスコット競馬

六月のロンドンは、女王陛下もじきじきにお出ましになる、観光シーズン開幕の月でもある。

ロンドンでは観光客にもよく知られている三つの広場、バッキンガム宮殿前広場、ピカデリー広場、トラファルガー広場が、特に観光客で溢れかえる。

バッキンガム宮殿前広場には、毎日十一時半に行われるチェンジング・ザ・ガード、すなわち衛兵交代の儀式を見ようとする人々が、早朝からヴィクトリア女王の大理石と金色鮮やかなブロンズで作られた巨像の周りに陣取りはじめる。その数は日に日に増加して、ピーク時には女王の像の頭の上に腰かけてしまうような不届き者まで現われるのではないかと気になるほどだ。

またピカデリー広場にある通称エロスの像、正確に言うと、キリストの慈愛を象徴した天使像だそうだが、これがもう人波に埋められて見えない。

さらに、トラファルガー広場では、かわいそうなことに、溢れる観光客で居場所を失った鳩たちが、ネルソン提督像の上へ上へと押しやられ、なかなか餌にありつけなくなる始末。提督の目に鳩の糞では、いつも不動の姿勢でフランスを睨みつけているその目も霞んでしまうというもの。これらの広場からこぼれ出すかのように、観光客が次に向かう場所は公園であるから、セント・ジェームス公園も、グリンパークもハイドパークも日頃の静けさを、たちまち破られてしまうという有様。

かつて宮廷文化華やかりし頃の六月は、観光シーズンならぬ社交シーズン真っ只中という月であったという。

地方に割拠する領主や貴族たちが、田舎の城といおうか、本邸のカントリーハウスをあとに、大挙してロンドンにある自分たちのタウンハウスに出てくる。そして宮廷舞踏会だ、音楽会だ、競馬だ、ボートレースだなどと連日連夜、華やかな社交生活を楽しみ、八月の声を聞くとともにまた田舎へと戻っていく。貴族だの領主だのといっても、彼らの普段の仕事は農産物の収集や交易などが主で、田舎での生活は華やかさとはほど遠く、ひたすら次の社交シーズンを待ちわびて暮らしていたのだという。

どっと海外から押し寄せる観光客と、どっと田舎から勇んで出てくる領主や貴族たち。そしてまたシーズンが終わると、幻のごとくスーッとロンドンから消えてしまうということでは、この両者、時代こそ違え、なんとなく似ているではないか。

六月、観光シーズンの幕開けは、女王陛下の公式誕生日を祝うトゥルーピング・ザ・カラー（軍旗敬礼式）から始まる。女王の本当の誕生日は四月なのだそうだが、観光客へのサービスなのか、例年この時期に行われるのだという。

その日の前の三日間、女王陛下の英国海兵隊バンドの演奏による軍事パレードが、ホース・ガーズ・パレードという場所で開催され、これまた大いなる盛り上がりを見せる。私も一日、このザ・マルという場所から地下鉄ウェストミンスター駅まで延々と続く、チケットを購入しようとする人々の列に並び、入場してみた。

中では、楽器隊による音楽の演奏やら、馬に乗った兵隊たちによる行進やらが繰り広げられていて、説明書を読むと、これは陸軍と海軍と空軍の三軍を讃えるショーであると書いてあった。この日の女王陛下は、ナンバープレートのない黒塗りのロールスロイスに乗ってのお出ましであった。

トゥルーピング・ザ・カラーというのは、国旗への敬礼式と称される武装閲兵式で、親衛隊を公式に讃仰する儀式だそうだが、ザ・マルを埋め尽くす兵隊や騎馬の華麗なるパレードには、私も度肝を抜かれた。

黒い熊毛の高帽、金モールで飾られた真紅の上衣、それに黒いズボンに黒靴の、銃をかざした五種のフット・ガーズ。そのうちアイリッシュ・ガーズ、ウェールズ・ガーズ、スコットランド・ガーズなどは、衿のエンブレムと肩章によってわかる。その三つに加えて、白馬、黒馬にまたがった兜に赤と白の羽飾りの二種のホース・ガーズ。いずれもロボット・マシーンの人形のように縦、横、一糸乱れぬ行進。九十年前、長谷川如是閑をして、〝戦争に出すのは惜しいような〟と言わしめた騎兵の群れである。

私も、「この兵隊さんたち、本当に戦争に行くの」と、子供の言葉を借りて、皮肉のひとつも言ってみたくなる。それにしても、これだけの兵隊と馬は普段どこにどうしているのだろうかと気にもなる。この後すぐ、ロイヤル・ミュウズ（王室専用馬舎）を見る機会があり、馬の方は解決した。バッキンガム宮殿はエリザベス女王がウィンザー城に避暑に出かけて留守の間、一般に公開される。その期間をのがさず、ミュウズを見ようと入場してみたのである。公式行事用の西向きの主要棟で、大玄関、大広間、大階段、緑の客間、玉座の間、晩餐の間、青の客間、白の客間、ギャラリー、音楽の間などを巡ったあと、目ざすミュウズは、十六万平方メートルという広大な裏庭の隅にあった。ミュウズというから馬の居場所だけのことかと思っていたのだが、女王の陸上移動の手配を一手に引き受けているところで、そこに儀式用の豪華な馬車などが陳列されていて、馬は数頭いるだけ。さっそく立派な制服を身につけた係員に尋ねてみた。

「馬は何頭くらいいるのですか」

「常時、八十頭ぐらいいますが、今は馬もハンプトン・コートに避暑に行っています」

との返事。

ほう、女王陛下と同様、馬も避暑に行くのか、人間サマ以上だな。ハンプトン・コートはウィンザー城よりは近いが、馬であっても歩いて行くには遠すぎる。

「馬は、ハンプトン・コートまでオン・フットで行くのですか」

「いいえ、汽車で行きます」

馬車を引っぱる馬が汽車で行く。これまた好待遇である。聞き忘れたが、冬は冬で避寒地に行くのかもしれない。

さて、この華麗にして奇妙なパレードのあとは、ロイヤル・アスコット競馬、ヘンリー・

ロイヤル・レガッタ・レース、ウィンブルドン・テニス・トーナメント、夏の各種の音楽祭と、大きなイベントが九月初旬まで続く。

その第一陣がロイヤル・アスコット競馬。イギリスは競馬発祥の地でもあり、サラブレッドの三大ルーツの出現と交配、血統登録書の作成、クラシック体系の確立など、現代の競馬の基礎はすべてイギリスで作られたものだ。

古くは十二世紀、リチャード一世の時代、エプソンの野で最初の競馬が行われた。貴族たちが自らの馬を駆って競走していたのだが、競馬好きの国王の保護を受けることによってその後、盛んに行われるようになり、今のような人気を得るようになったのである。競馬好きの国王としてはチャールズ二世、アン女王などが有名だが、馬好きということにかけては、現在のクイーン、エリザベス二世の右に出るものはいないとか。

アスコットはウィンザー城の近く、ロンドンから汽車で五十分ほどのところにある。十八世紀の初め、馬好きのアン女王が乗馬を楽しんでいたのが、このあたりにあるイースト・コート・ヴィレッジという村で、そこにレース用のコースを作ったのがその始まりだという。

アスコット競馬の三日目、レディース・デイの「グランドスタンド及びパドック」という名のチケットを私は、少々ぼられているのはわかっていたが、九十五ポンド（二万円弱）で手に入れた。一日貴族の気分になれるのなら安いものだ。

観客席は四つに分けられている。まず「ロイヤル・エンクロジャー」。これはその名の通り、ロイヤル・ファミリーとその取り巻きのメンバーのみが入れる席で、下々の知るところではない。次の「正面観覧席とパドック」という観覧席が一番大きいスペースを占めている席で、各種の施設もたくさん設けられている。それから、もっとエコノミックな料金で見られる「シルバー・リング」。そして、レース・トラックの内側だが格安の料金で観戦できる「ヒース」の四つに分けられているわけだ。

正面観覧席に限っていえば、服装規定に「ベストの衣装を着ること」が、この伝統ある行事の規則であると書いてある。ベストの衣装とはなんぞやと思うのだが、男性はモーニングと縞のズボンに、青味がかった薄ねずみ色のシルクハット、女性は大きな帽子と花模様入りの服が一般的であるらしい。

三日目のレディース・デイは、特に帽子に意匠を凝らしたファッションの女性たちが華やかに行き来し、世界中の注目を集める祭典でもある。だからこの季節になると、ロンドンの繁華街にあるデパートや帽子屋は、ここぞとばかり奇抜な帽子をショーウィンドウに並べ、なかには五〇〇ポンド（十万円）を超えるものも珍しくない。

見て歩くだけでも楽しいのだが、私もひとつ購入、当日に備える。当初は、日本から持ってきておいたドレスに合わせて、つばの円周が一メートルもあろうかという大きな帽子を買うつもりであったが、考えてみれば、エスコートしてくれる人がいるわけでもなく、バスと列車を乗りついで行かねばならない哀れな身、小ぶりの帽子で我慢することにした。

さて、レースの当日、まずバスでウォータールー駅まで行き、マシーンでアスコット行きの切符を買う。ここまではよかったのだが、ウォータールー駅はフランスへ向かうユーロスターも発着している大きな駅だ。さて何番線だろうとあたりを見渡すと、派手な帽子の着飾ったご婦人たちの一団が、列車の出るホームに移動していくらしき姿が目に入る。これだとばかり、私もその列車に乗り込む。列車内にはすでに、他の帽子の集団もおり、これなら大丈夫とひと安心、結局、自分で列車の行き先を確かめないまま、無事アスコットの駅に降り立つことができた。したがって、もし私が案内書にロイヤル・アスコット競馬場への行き方を書くとしたら、「ウォータールー駅に行き、あとは帽子の集団についていけばよい」ということになろう。

もっとも、駅から木立ちの中を少し歩くとすぐ競馬場となるから、わけはない。駅のすぐ横からパーキング場もはじまっているのだが、そこに駐車している車の大きくて立派なこと、それにまたびっくり。東京でもロンドンでもあまり見かけないベントレーなどの高級車が、ずらりと数十台。まず最初に「ロイヤル・エンクロジャー」専用の出入り口があって、そこから少し歩くと一般の入口に。入場すると、レースが始まるまでまだ二時間もあるというのに、シルクハットと華麗なる帽子の群れが三々五々、芝生の上にいくつもあるバーで、シャンパンのグラスなどを傾けつつ歓談している。さすが貴族の社交場といわれる（あるいは、いわれた）だけあって、日本の競馬場とは雰囲気を大いに異にしている。ちなみに、四日間の競馬開催中に消費されるシャンパンが約二十万本、ワインが二万本、ビーフとフレッシュサーモンがそれぞれ二・五トンだそうだ。

なかに、奇抜すぎるファッションに目をつけられてか、テレビカメラの前でポーズをとっているご婦人もいる。現代版、マイ・フェア・レディのイライザというところか。ロンドンの街中で見る人の群れと明らかに違うのは、黒い肌、褐色の肌、黄色い肌の人たちの姿が見えないからであることに気づく。日本人も二組しか見かけなかった。もし日本人グループが大挙して押しかけ、日本人特有のスタイルで帽子をかぶっていたら、きのこの集団のように見えるだろうなどと思いつつ、我が姿を振り返る。

一時半になると、ロイヤル・ファミリーのご入場となる。ウィンザー城からここまで真っ直ぐ延びている道を、五、六台の馬車を連ねてやってくるが、先頭の女王は、六頭のザ・ウィンザーグレイと呼ばれる芦毛の馬に引かれた、無蓋の四輪馬車に乗っている。次の馬車に皇太后、その次がチャールズ皇太子、それに続く二、三台は、女王の招待客が乗った馬車で、観客の前を通りすぎロイヤル・エンクロジャーのほうへ向かっていく。

こういうロイヤル・ファミリーの行進を見ていると、この競技場は馬券などとは無縁のように思えるが、そうではない。さすが、馬券を握って血まなこになっているという風景は皆無だが、紳士淑女の方々もちゃんと馬券は買っている。青い芝生のパドックには、数十名のブックメーカー（公認の私設馬券売り）が陣取って商売に精を出している。

ブックメーカーの商売方式は、ひと昔前にあったテレビ番組「クイズダービー」のやり方と同じ。つまり、彼らはまず各レースの予想をたて、各馬が勝つであろうと思われる確率を客に示す。客のほうは、いろいろなブックメーカーが予想したその率を見比べ、当たりそうだと思うブックメーカーで馬券を買うといったやり方。ブックメーカーは箱の台の上にのり、バナナのたたき売りよろしく何やら口上を述べ、多くの客を引き寄せようと口角泡を飛ばす。レースの情況は刻々と変わるので、どこかと連絡をとっているのだろう、手で合図の受け送りをしている姿も目立つ。その様子から、日本では彼らのことを「チクタクマン」と言うのだそうだ。

チクタクマンの本拠はロンドンの事務所にあって、そこでも賭けを楽しむことができる。イギリス人は賭け事の好きな国民で、聞けば三人に一人は賭けをやるという。もちろん日本と同じ、トートのほうも競技場にはあるが、せっかくここまで来たのだから、ブックメーカーから馬券を買いたいものだといくつかのブックメーカーを比べつつ、他の客の買い方を見てみる。どうやら扱っているのはＷＩＮ（単勝）だけらしいことや、レースが終わると、その場で手書きの紙を見て換金していることがわかった。レース直前になると、どのブックメーカーの前もかなりの人だかりになる。

じっと眺めることしばし。しかし、遂に馬券を買うことができなかった。ここまでやってきたのに、一枚の馬券も買わずに退却か。競馬場のブックメーカーから馬券を買えるだけの英語力と度胸を、早くから身につけておくべきだったとあらためて、つくづくと思う。

当日のレースのなかで一番エキサイトしたのは、第三レースの、距離二・五マイルのゴールドカップでもなく、最終レースでもなく、番外のレース、最初のロイヤル・ファミリーの入場であった。この入場レースには、他のレースのような実況中継放送はないが、日本風にテレビ実況をするとすれば、次のようになるだろう。

「本日の番外レースの実況は、解説大川慶次郎氏（故人になられてしまったが）、アナウンサー杉本でお送りいたします」

画面には、競馬場へと一直線に延びている数キロにわたる緑のターフならぬ、ロイヤル・ロードが写っている。ややあって、

「あ、ゲート、いや白い門が開きました。各馬一斉にスタートといきたいところですが、一台目の馬車が飛び出しました。続いて二台目の馬車が……。大川さん、どうしたのでしょう、スタートが悪いですね。ゲート審査は受かっているのでしょうか」

「うーん、このレースは暫時スタートということなんでしょう」

そんなことを言っているうちに、早くも六頭の馬が、こちらに向かって走ってくる。

「さあ、整理してみましょう。先行するのはクイーン・エリザベス二世号、まさに名血中の名牝。父ジョージ六世、母メアリー、父の父はジョージ五世です。二番手につけている芦毛の馬はメアリー皇太后号、人間ならすでに百歳にならんとする古馬ですね」

「少し離れて、三番手の馬が見えてきましたが、あの馬は何という馬でしょうか、大川さん」

「耳が異様に大きいようですので、チャールズ皇太子号でしょう」

その耳の大きな馬、大外より猛烈な勢いで、先頭の二頭に迫ってくる。

「大川さん、末脚爆発で、差しもあるのでしょうか」

続いて四番手、五番手の馬が来る。

そのとき突然、テレビの画面から競走馬が消える。それに代わってシルクハット、女性たちの帽子の大群が写る。

「参りましたね。もう何も見えません、帽子以外は。先頭のエリザベス号、すでに正面スタンドの前を通過したようですが……」

「あがり三ハロン、三十二秒の末脚をつかったようです」

そこで画面が再び、ターフの馬をとらえる。クイーン・エリザベス号、にこやかに微笑みながら、ゴールデンゲートにゴール。

「大川さん、先行逃げきりの勝利ですね。五歳馬が連にもからまないというのも珍しいことですが、牝馬の大逃げというのも珍しいのではありませんか」

「強い牝馬にはトウメイという馬もいましたし、大逃げをうった馬にはメジロパーマーや、サイレンススズカなどもいます」

「しかし、そうたびたび牝馬が勝つということもないでしょうから、次回は、この五歳馬を狙ってみてはどうでしょうか。馬券的にもおもしろいでしょう」

てなことになるのだろう。

競馬はやはり招待席で、仲間とワインでも飲みながら見るから楽しいのであって、おまけに今日は、日本の馬もいないときている。すっかり意気消沈したところで、全レース終了後に行われるという演奏会も見ず聞かず、早々に競技場から引き上げる。列車でウォータールー駅まで戻り、バスに乗り換えるべく駅の階段を降りようとしていると、

「あんた、アスコットにいたね」

と先ほどの列車の中で見かけた挙動不審の連中のうちの一人に、なぜかからまれる。あわててバスに飛び乗る。

とんだアスコット行きではあったが、一日だけの貴族の真似事はやはり難しい。貴族になるには三代かかるともいう。まさに貴族は一日にして成らず……か。

チェルシーの赤レンガの家

私のロンドンでの生活は、十九世紀そのままの赤レンガの街チェルシーのドライコット・プレイスで始まった。ここを中心に、行動半径が広がり、その距離が次第に伸びるにつれて、好奇心も旺盛になり、見に行く街の数も増えていった。

赤褐色に白い漆喰の、おそらくフランドル様式と呼ばれている建物の群れ、実はこの様式の建物が、何もドライコット・プレイス特有のものではなく、その周辺の街々、例えばプロンプトン地域のコーダガンやハンズといった街、さらにはチェルシー地域やサウス・ケンジントン地域の大部分を占めているものであることがすぐにわかった。

木の文化、石の文化という言い方があるが、木の文化の国、日本では、石やレンガで建てられた建築物というと、ほとんどが歴史にその名を残しているような建物で、個人住宅には皆無といっていいほどない。だから日本にある赤レンガの建物はといわれても、私はすぐには東京駅のあの駅舎しか思い出せない。だが、そんな東京駅の駅舎のような建物ばかりで、このあたり一キロメートル四方の街ができていたのだから、なんとも初めは啞然として目を見張ったものである。

ここドライコット・プレイスは、道路をはさんで両側に建ち並ぶ、四階建てプラス地下一階の、長さ一五〇メートルほどもある二棟の建物より成り立っている。ただ片側は、ちょうど中間のあたりに小道があって、二つの棟に分けられているから、正確には三棟の建物といったほうがいいのかもしれない。その二つの建物には、それぞれ五〇軒の家が入っていて、片側には一番地、三番地というように奇数の番地が、もう一方の側には二番地、四番地と偶数の番地がつけられ、ぴったり一〇〇番地まである。

よく見ると、一軒一軒、外観も微妙に違ったデザインになっており、それらが横に連なって一つのテラスハウスを形成しているというわけだ。

このドライコット・プレイスの二棟のテラスハウスが建てられたのは、一八八九年から一八九一年のことである。そのことは壁にはめ込まれたレリーフの文字を見てわかったのだが、テラスハウスというのを日本語に訳せば、「棟割長屋状連続住宅」ということになる。要するに、いくつもの家を横につないだ集合住宅のことである。

長屋といえば日本では、十軒長屋とかハーモニカ長屋とか、あるいはムカデ長屋などといった名称を連想し、いわば貧乏住宅の代名詞のようになっているが、ロンドンのテラスハウスは日本のそのような長屋のイメージはまったくなく、横一列に並べてくっつけた豪邸の連なりと言うべきものだ。

ロンドンは一六六六年に大火に見舞われている。その後のジョージ王朝は法律で、火事に強いレンガ造りの建物か、石造りのテラスハウスしか建ててはならぬと義務づけた。ロンドン近辺に石切り場などなかったものだから、それに見合うものとして、レンガ造りのテラスハウスを建てるしかないということになった。その他にも、例えば窓は、外側に開くものはだめで、金属製の錘がついた滑車付き上げ下げ窓でなければならないとか、さまざまな厳しい条件が設けられていたのである。

こういう話を聞くと、東京でも戦後すぐの時期に、行政がもう少し街作りのプランを立てるなど、強力な手を打つことができなかったのかなどと、つい考えてしまう。そうすれば東京の街並みも今より少しはましになっていたのではなかろうか。

ロンドンの街は建物と街路が一体となった、つまりトータル・ファッションでできていて、それが街ごとのポリシーによって独特の雰囲気を作り出しているといっていい。街の名前にもそれが表われていて、名前を見ただけで、それがどんなところかおおよその見当がつく。

例えばスローンという地名があるとすると（こういう名の地名は、かつての領主の名であることが多いのだが）、スローンを冠したスローン・スクエアだのスローン・ガーデンなどなどの名の場所がある。スクエアは、その中心にある四角い広場を囲んで建物の建っている場所であり、中の広場が三日月形の場合はクレッセント、即ち三日月広場という名称になる。ガーデンはスクエアよりも小さな、庭ほどの緑を囲んで家が建っている場所ということになる。

こういう古い街並みを毎日歩いていると、おのずと建築様式に興味が湧き、一目見て、これはジョージ王朝風、ヴィクトリア王朝風、新ジョージ王朝風などと言い当てることができるようになる。分類不能の場合は、これは折衷様式であるとすれば合点がいく。

ジョージ王朝建築様式というのは、当時はアン女王様式と総称されていたもので、その典型的なものが、チェイニー・ウォークの邸宅群である。基本的にはレンガ造りのテラスハウスであるが、レンガの色は赤褐色のものだけでなく、のちにグレーや薄いクリーム色など冷たい色調のレンガも使用されるようになる。また、石で造った家には白やアイボリー色の漆喰の上塗りを施すようになるが、例えばブルームズベリー・スクエアやベッドフォード・スクエアの家はこの様式のものだ。

ヴィクトリア王朝様式は、十三世紀のゴシック様式に想を得たもので、ネオ・ゴシック様式ともいわれている。この様式が生まれたのは一八三〇年頃、カトリック教徒の解放など宗教的復古運動が盛んになり、その影響で、建築家も中世の建築に興味を示すようになったこと、またアカデミーがゴシック様式を是としたことなどによる。セント・パンクラス・ホテル、王立裁判所などがその代表的な例だそうだが、一般住宅にもこの様式は取り入れられた。

もう一つ、新ジョージ王朝様式は、一八八〇年代になって起こったヴィクトリア王朝風建築への反動から、かつてのジョージ王朝様式への復興という傾向から生まれたもので、その様式が次第に浸透し、いわゆる開発住宅の主流となっていった。また、この時代はロンドンの都市圏拡大が著しく進んだため、この様式のテラスハウス（連続住宅）、ディタッチト（独立住宅）、セミ・ディタッチト（準独立住宅）、それに加えて小規模な家屋が、周辺に生まれた新しい郊外へ次々と広がっていった。

ちなみに市の半径は、一八二〇年にはわずか五キロだったのだが、一九一〇年には、ロンドンの中心街と近郊を結ぶ鉄道路線の開通や、チューブ（地下鉄）の登場などにより、半径十五キロまで広がっている。今見ることのできるロンドンの住宅の大部分は、この時代にできたものである。

その後、シティには表現主義様式の建築、ハイテク・スタイルのもの、アメリカ風ポストモダン様式のビルが建てられるようになってはきたが、ここチェルシーなどの住宅地ではいまだ無縁だし、これから先も建つことはないだろう。

街の出来具合を、私の住むドライコット・プレイスから半径七、八〇〇メートルの界隈に限って見てみると、一番古い街はハンスタウンという街で、ここは一七七〇年代に開かれている。

また、ベルグレイヴ・スクエアは一八二〇年頃、ブルームズベリー・スクエアの設計者と同じ人物によって作られ、そこにトマス・キュービットの建造による家屋が五〇戸、百戸と建てられていく。ローマ風化粧漆喰仕上げの外壁も美しく、商人用の通路、使用人用の階段など今では考えられないようなものもある。室内を見ると、楡の木や胡桃の木などで作られた装飾品があって、時代の重みを感じさせる。

一八二七年に造成されはじめたイートン・スクエアには、バッキンガム宮殿などに代表されるルイ十五世様式を取り入れた豪華な階段と広々とした回廊をもった、絢爛たる邸宅といった趣きのテラスハウスが建ち、それがハンスタウンにまで拡大している。だから、この周辺にある街々はみな、十九世紀の終わりまでには現在の形で完成していたというわけである。

住宅をはじめ古い建造物が残っていることからもわかるように、このロンドン南西部は幸い、二つの世界大戦の被害をほとんど受けることがなかった。それに反し、シティの中心部は両大戦ともそれぞれ甚大な被害を蒙っている。

第一次大戦中の一九一五年には、ドイツのツェッペリン電撃隊の飛行船団から投下された爆弾によって多くの建物が破壊され、また第二次大戦中の一九四〇年には、昼夜連続五十七日間にわたるドイツ軍の猛爆撃にさらされた、いわゆるブリッツ（ロンドン大空襲）によって、標的にされた労働者層の住むイースト・エンド一帯とテムズ河ドッグ周辺の工場地帯が壊滅的な被害を受けている。さらに、その後の六ヵ月間にわたる断続的な爆撃によって、セント・ポール大聖堂は奇跡的に被害を免れたが、ダウニング街十番地の首相公邸も被害を受け、議会は焼失、シティの三分の一以上の地域が破壊されることになった。第二次大戦の終結後、焼失したロンドンの再建開発計画が進められることになる。一九四三年には「ロンドン市計画」が、一九四四年には「グレーター・ロンドン計画」がそれぞれ発表され、工場と住宅地の問題、密集型か分散型か、集合住宅と一戸建住宅の関係など都市計画に関わるさまざまな問題が議論され、その結果確定したビジョンに従って、新しいシティが形作られていった。

一方、戦争の影響をほとんど受けなかったチェルシーでは、街の景観はほぼそのまま残されたものの、まったく被害がゼロだったわけではないらしい。というのも散歩中、私の住むフラットのすぐそばにあるスローン・スクエアの道路に、石の小さなプレートがあり、そこに「一九四四年、ここで、ドイツのV1によって一〇〇名近くの住民が犠牲になった」と書かれているのを見つけたことがあったからである。

しかし、百年二百年もの風雪に耐え、びくともしなかったチェルシーの堅牢なレンガ造りの住宅群もその間、時代とともに移り変わる生活様式の変化に伴って、屋内の造作、設備などは変えていかざるを得なかっただろう。まさかヴィクトリア時代のまま、近代的設備を導入することもなく、電気やガスもない生活を続けるというわけにはいくまい。

今となってはもはや、このような豪邸を一家族で所有し維持しつづけていくのは困難となり、一棟を内部で区分けして何家族かで使えるようにしたり、あるいは貸家や貸室やプチホテルとして使用できるよう、屋内の改装を余儀なくされているのだという。私が借りていたフラットも、その棟のオーナーから三階の半分のみ借りている人の、また貸しによるものだった。あとでわかったことだが、その一棟の価格は約四億円もするそうで、世界一、住宅の値段が高いといわれるロンドンではあるが、その一端を垣間見た思いがしたものである。

建物のどの棟にもフロントドアがあるのだが、そこに取り付けられているインターホーンが一つだけというのはむしろ少なく、たいていはいくつかのインターホーンが並んでいる。つまり、十個のインターホーンがあれば、その棟は十人の人または家族に借りられているということを意味しているわけだ。

建物の外観を眺めていておもしろいのは、今はすでに無用の長物と化しているはずの煙突が建物の屋上にずらりと残っていること。かつての〝霧のロンドン〟の元凶である石炭時代の名残りであるが、暖炉に石炭を使わなくなってずいぶんたっているはずなのに、依然として取り払われずに立っているのが可愛くも哀しげに見える。煙突が建物の美観にプラスになっているとは思えないが、逆にそれほどマイナスになっているとも思えない。その煙突の本数を数えれば、その建物の室の数がわかるというのもおもしろい。各室に一個ということだからだ。当然その逆、室の数から煙突の数もわかるわけで、一棟に十の室があり、それが五十棟あれば、その建物の屋上には10×50で、五〇〇個の煙突が並んでいるという計算になる。

内装や室内装飾も時代とともに変化する。色の好みも昔の一番人気は栗色だったのに対し、今はバニラ色、ベージュ色という具合に。いずれにしろインテリアの見事さには目を見張るものがある。

さて、建物が建っている土地はいったいどうなっているのかと気になるが、それは日本人的発想というものだろう。どうやらその点、イギリスでは、土地の所有権などあってもなくても同じ、ということらしい。イギリスの場合、家屋の八〇パーセントは貸家で、その大多数がある期間を決めて貸しだされているのだが、実はその期間は、なんと九九九年に及ぶものもあるとか。要するに、建物とは数十年単位で建て替えられるものではなく、半永久的なものなのだから、その建物がある土地のことなど考えに入れる必要もなければ、日本人のように土地にこだわってもはじまらないということだろう。

土地は共同で使うものという感覚は田舎でもある。景色のいいところには〝フット・パス〟という誰が歩いてもよい道がいたるところにある。ここは〝オープンランド〟、誰々の敷地だなどと所有権を主張したりせず、土地はみんなのものということなのだ。

極端に細分化された土地に〝ウサギ小屋〟と揶揄される家屋が軒を重ねる、日本の街並みと、これはまたなんという違いだろう。しかもチェルシーには、電柱も一切の広告看板類もなければ、外から見える洗濯物や家の表札などもない。

家に表札がなければ、郵便配達人や訪問客が困るのではと思うかもしれないが、心配は無用、家のフロントドアに付けられた番号だけで十分うまくいっているのだ。それから、もう一つないもの、それは車庫である。ミュウズ（馬舎）は昔の名残りで、あちこちにあるのだが……。たぶん車は路上駐車で間に合っているのだろう。

街を歩きながら楽しめるもう一つのことは、建物に付けられている「ブルー・プラグ」という、青い胸板を見て回ることである。半径二十センチほどの丸いプラグが、ロンドンでその生涯を終えた著名人の生前住んでいた家の前に掲げられていて、名前、職業、生没年（あるいはそこに住んでいた年月）などが、白い文字で記されている。その第一号はバイロンが生まれた家だそうだが、ブルー・プラグは、現在、ロンドンには六〇〇個あるという。

このチェルシー周辺は、どうやらそのブルー・プラグの一番の密集地のようで、私も一〇〇個近く見かけたと思う。ドラキュラの作家や、クマのプーさんの作家が住んでいたという家も見た。〝灯台もと暗し〟といおうか、実は私のフラットの二棟隣り、即ち二十五番地にもブルー・プラグが付いていて、

——O・M・ジェリコ（一八五九〜一九三五）

艦隊の提督、ここに住む

と記されていた。

このブルー・プラグに関しては、こんなこともあった。

ある日、ベルグレイヴィアのイートン・スクエアを散歩していたときのこと、このあたりはかつての貴族階級の邸宅が建ち並んでいたところといわれるだけあって、溜め息が出るような白亜のテラスハウスが今も並んでいる。ワシントンにあるホワイトハウスを十戸もつなげたような、落ち着いた威厳の感じられる邸宅、いったいどのような人が住んでいるのだろうと気になるが、そこまではわからない。たぶん名家出身の政治家か弁護士といったところか。

各国の大使などの公邸は、ここよりもう少し、ナイツブリッジ寄りの場所に集まっている。またイートン・スクエアの白亜のテラスハウスの邸宅群は、キングス・ロードとそのグ

リーンベルトをはさんで対をなしているように建てられている。
その日はいつもとは違う反対側のテラスハウスを見ながら歩いていた。そこで目がいったブルー・プラグに、女優が住んでいたと書いてある。はじめはその名字をレイと読んでしまったのだが、すぐにレイではなく、リーと読むべきなのに気づいた。

――ビビアン・リー（一九一三～一九六七）
女優、ここに住む

『風と共に去りぬ』や『哀愁』で知られる、美しき銀幕の女王ビビアン・リー。『哀愁』のワンシーンにも出てくるウォータールー橋にも近い、このイートン・スクエアは、なるほど女優ビビアン・リーが住むにふさわしい場所だと、私はあらためて感じ入ったりしたものだった。

ここロンドンでは、住宅の価値はその場所によって決まるという感が特に強い。ある友人に聞いた話だが、ロンドンの若いエリートたちは、自分のステイタスにふさわしい、少しでも評価の高いエリアにある建物の一棟を買おうと努力する、とのことだ。そして、まだ内装に使う資金がないあいだは、その一棟の一室か二室で生活し、他の部屋は手つかずのままにしておく。たとえその部屋が幽霊が出そうなほど荒れた状態になっていても放っておく。二〇〇年前もの幽霊が現われたら、よほど怖いのではないかと思うけど、とにかく放っておく。そして、経済的な余裕がでてきたら、一室ずつ順番にインテリアを整えて、日常住むことのできる部屋の多い住宅にしていくのだという。

ここで、ロンドン滞在中、毎日見てまわった南西部地域で、私が住んでみたいと思った街を列挙してみよう。

もしどこに住んでもよいというなら、第一はやはりイートン・スクエアの、典型的なベルグレイヴィア風の白亜のテラスハウス。ケンジントンでなら、ケンジントン・パレス・ガーデンとチャーチ・ストリートの間にある新ジョージ王朝風テラスハウス。一軒家というなら、カムデンヒル・ロードとフィルモア・ガーデンズの間の美しい庭があるディタッチト（独立住宅）がいい。もう一つチェルシーならやはり、テムズ河岸のチェイニー・ウォークにあるジョージ王朝様式の、赤レンガの邸宅がいい。

以上が私が好きなベスト3プラス1である。いずれのエリアからも四つの公園、ハイドパーク、ケンジントン・ガーデン、グリーンパーク、セントジェームス公園には歩いて行けるし、テムズ河も近い。ロンドンのシティの喧噪からもはずれた絶好のロケーションである。

もっともこれらの地域は、ミドルクラス（中流）やロウアー・ミドルクラス（中流の下）

やワーキング・クラス（労働者階級）の住める所ではない。貴族や代々の大地主・成り上り者でない大資本家などのアッパー・クラス（上流）、あるいは大企業の経営者層、高級官僚、医師や弁護士などの専門職で、一流と認められた人たち、成功した芸術家などのアッパー・ミドルクラス（中流の上）の住む場所である。

最初に感じた印象通り、ロンドンの素晴らしさは、広大な緑濃き公園と重厚な建物の連なる街並み、この二つにあるというのが私の変わらぬ感想である。しかも公園、街並みのいずれもがすでに百年以上も前に完成していたものであることに、私はイギリスの歴史の深みを見る思いがしたのであった。

チェルシーの散歩道

チェルシーというのは、ロンドンの南西部、テムズ河沿いの北側のエリアをいう。その中央をキングス・ロードが走り、北端はフルハム・ロードまで、その南端のテムズ河畔にはチェルシー橋とアルバート橋がかかっている。チェルシーは、ひとつの「ヴィレッジ」をなす、ロンドンの中でも特異な場所といわれている。私の住むドライコット・プレイスもこのチェルシーにあることはすでに書いた。

チェルシーに関する歴史を拾ってみると、最初にこの名前がでるのは十一世紀、ウィリアム征服王の頃で、当時このチェルシー一帯はまだ湿地帯で、浅い潟から少し隆起して地面を出した小島のようなものが、点在していただけの所だったという。そのような小島のひとつが「砂利の島」と呼ばれ、チェルシーの前身となった。

今は対岸になるバターシーは「ピーターの島」と呼ばれ、あのビッグ・ベンのあるウェストミンスターでさえまだ島で、「ソーニー島（茨の島という意味）」といわれていた。

十六世紀初めの頃の記述を読むと、「チェルシーは寒村であった」とあるから、もうその頃は、今のような陸になっていたのだろう。しかも、チェルシーもバターシーも共に、テムズ河沿いの漁村と書かれている。漁村といわれると、ちょっと意外な感じもするが、テムズ河には今でも心なしか海の香りがすることもあり、潮の干満の影響がわずかながら見られたりもする。そんな漁村にできた教会が、今も残るチェルシー・オールド・チャーチである。

十六世紀の中頃、この寒村チェルシーに、ヘンリー八世がニュー・マナーハウスを作った。今の感覚でいうと、タウンハウスならまだしもと思うのだが、なにしろまだチェルシーが寒村だった頃の話である。だが、このマナーハウスのお蔭で、このチェルシーはにわかに宮廷人の住む街になる。ヘンリー八世の娘エリザベス、のちのエリザベス一世も幼少の頃、ここに住んでいたし、初代ラネラ伯も、美しい庭園のあるカントリーハウスをここに持っていた。

ヘンリー八世はローマ・カトリック教会と絶縁、独立して英国国教会をつくり、修道院を破壊したことで知られる。当時、国の三分の一の領土は修道院が所有していたから、その修道院を解体したことで、領土は一度にすべて国のものになったのだが、ヘンリー八世はそれらの土地を、自分に追従している貴族や大法官などに、ただ同然で分け与えてしまった。そんなヘンリー八世時代に大法官であったトマス・モアも、土地をもらってチェルシーに邸宅を建てている。

十七世紀になると、このマナーハウスはチェイニー家の所有となり、チェイニー・ウォークなどの地名となって今も残っている。その後、医師であったサー・ハンス・スローンが買い取った。こちらもスローン・スクエア、スローン・ストリートなどの地名になって残っている。ちなみに、このサー・スローンの邸宅は、失脚し取り壊されたトマス・モア邸の跡地に建てられていたそうだ。

チャールズ二世がここに、ロイヤル・ホスピタルを建てたのもこの頃のことである。そこは今、イギリス陸軍の隠居所になって、第二次世界大戦に従軍した老兵四〇〇名が暮らしているが、この時代、チェルシーではまだ平穏な田園生活が営まれていたのだろう。

十九世紀に入ると、このチェルシーには多くの知識人や芸術家が集まってきて、「芸術家の村」といわれるようになる。この「芸術家の村」に、テムズ河畔を中心に今も残るジョージ王朝様式の、赤レンガに白い漆喰のテラスハウスや庭園のある邸宅が建ち並びはじめたのである。

十九世紀の終わり、アメリカからやってきてこの地に住んだマーク・トゥエインは次のように書いている。

——ロンドンは村の集まりだ。静かな裏通りのあるところ（チェルシー）や、よく村にあるちっぽけな店や商品が並んだ商店街のあるところ（キングス・ロード）に住んでいれば、世界最大の都市のど真ん中にいるとは、とても実感できない。

さらに第二次大戦後、チェルシーは前衛芸術家たちの住む街になる。六〇年代になると、音楽（ローリング・ストーンズなど）、ファッション（マリー・クワントなど）、演劇（ロイヤルコート劇場）などで賑わいをみせるようになる。

そして現在のチェルシーは、ヒッピー、パンク・ファッション発祥の地として、目抜き通りのキングス・ロードを中心に、若者の街になっている。しかし一方で、上流階級の人々が住む高級住宅地でもある。キングス・ロードから一本路地を入れば、昔からの閑静なたたずまいが、そのまま残っている。プラタナスの街路樹の緑にはえる赤褐色のレンガ造りのテラスハウス、手入れの行き届いた庭に美しい藤棚のある、洒落た邸宅が続く。まさにヴィレッジと呼ぶにふさわしい街を形作っている。家を改築する場合にも、必ず周囲と調和した材料やデザインを使うことを要求され、そうやっていつまでも、十九世紀末のチェルシーと変わらぬ景観が保たれている。

アメリカ東部の伝統ある高級住宅地は、このあたりの街のたたずまいとよく似ているという。すぐれた住宅地の一つの理想のあり方が、このチェルシーにはあるのかもしれない。若者で賑わう街にして高級住宅地、そんな二つの顔を持っていることは、キングス・ロードを歩いている人々を眺めているとよくわかる。最新の奇抜なファッションで闊歩する若者と、上品な身なりをして、ヴィクトリア時代の雰囲気をまだそのまま引きずっているようなご婦人方。だが、どちらも颯爽と歩いていることだけは変わらない。

ところで、このキングス・ロードという道、実はその名の通り、かつては王様の通る道だった。王室専用の道路だったから、一八三〇年まではこの道を通るには、通行許可証が必要だった。この道は、今はもうないシティのホワイトホール宮殿（セント・ジェームス宮殿あたりにあったとされる）から、テムズ河を横切ってハンプトンコート宮殿まで、延々と続く道であった。ベルグレイヴィアのイートンあたりでは、道の両脇にグリーンベルトがあり、さらにその脇には貴族たちの豪邸が軒を連ねていたのだろう。馬をつなぐミュウズが今もたくさん残っていて当時が偲ばれる。

キングス・ロード以外にも、チェルシーにはもう一本、こういう道が残っている。それがロイヤル・アベニューである。菩提樹の植えられたグリーンベルトがあり、美しい館の跡も見られるが、道にしては短く、広場というには長すぎる。それもそのはず、これはウィリアム三世が、ケンジントン・パレスとテムズ河を結ぶ道路として計画したものの名残り、未完の道なのだという。たしかにこの道らしきものは、バートンズ・コートを通り、ロイヤル・ホスピタルに突き当たったところで終わっているが、一方はケンジントン・パレスに向かって、もう一方の端はテムズ河の方角を向いている。

さて、私はロンドン滞在中、毎日夕方になると散歩に出るのを日課のようにしていたのだが、やはりいつも、足はテムズ河の方向にまず向かった。

ドライコット・プレイスにある家を出て、ロウワー・スローン・ストリートを進むと、鬱蒼と大樹が繁るラニラー・ガーデンズに到る。そして七、八分も歩けば、もうそこはテムズ河にかかるチェルシー橋だ。対岸のシティのほうに目をやると、テーブルをひっくりかえしたような巨大な造形物が見える。これが一九三〇年代に建造されたイギリス初の大火力発電所で、今はただ無用の長物となっているもの。

河畔の道チェルシー・エンバンクメントに沿った歩道を西へ歩くと、チェルシー廃兵院ことロイヤル・ホスピタルを裏側から見ることになる。広大な緑の庭園の奥に、クリストファー・レンの作だという立派な建物も見える。

このロイヤル・ホスピタルと隣り合わせに植物園があるのだが、これがチェルシー・フィジック・ガーデンで、約七〇〇〇種の香辛料、野菜、果実などが栽培されているという植物園。五月にはここで、有名なチェルシー・フラワーショーが開催される。また、世界各国の庭園の模型が作られ展示されていたり、珍しい花々も展示されているが、花といえばやはり、英国の薔薇が圧巻である。日本の箱庭や盆栽もあったが、盆栽が〝ボンサイ〟とそのまま英語になって通用するのはうれしい。

対岸はずっとバターシー・パークになっていて、ここではロンドンに春を呼ぶといわれる、春一番のフラワーショーが開かれる。普段は人影もまばらで、昼間でさえ一人歩きするのが怖くなるような公園なのだが。

植物園をすぎると街路樹の陰から、一団の美しい館の群れが見えてくる。チェイニー・ウォークである。ジョージ王朝様式の七十六戸のレンガ造りの邸宅の群れで、その多くは十八世紀初頭に建てられたものであるが、なかには十五世紀に建造されたものも混じっているとか。テムズ河に沿ったチェルシー・エンバンクメントとの間は、プラタナスの植え込みで遮られてはいるが、夕方シティから西へ、一日の仕事を終えた人々の帰りを急ぐ車の騒音が、この閑静なエリアにも聞こえてくる。水害を防ぐ護岸のためと交通緩和のために作られたこのエンバンクメント（川岸通り）のために、チェイニー・ウォークの価値は半減したというべきか、騒音はかなりひどい。

ここにある邸宅の壁にも、かなりの数のブルー・プラグがあり、かつてその家に住んでいた人たちの名前がわかる。このブルー・プラグを読んで回るのも、私の散歩の楽しみの一つなのである。名前を挙げれば、

ジョージ・エリオット、T・S・エリオット
アーノルド・トインビー、ジョン・ラスキン
ダンテ・G・ロセッティ、ヘンリー・ジェイムス

などといった人たちが、このチェイニー・ウォークの住民であったことがわかる。

チェルシーが芸術家の村であった頃、絵画の一派「ラファエル前派」は、このチェルシー

の地で結成されている。当時のアカデミーではラファエルの芸術を最高のものとみなし、画家育成のための教育においても、その画風を習うことを第一としていた。しかし、そのアカデミーの学生であったウィリアム・H・ハンスやジョン・E・ミレイ、あるいはダンテ・G・ロセッティらは、ラファエル以前、特に十五世紀のイタリアの壁画に見られる自然描写やその着想に、最も見習うべき魅力を感じていた。こういった若手グループが結成したのが「ラファエル前派」であった。

テート・ギャラリーで見られるジョン・E・ミレイの「オフェーリア」は、シェークスピア劇に題材を得たもので、『ハムレット』のある幕で、自殺したオフェーリアの死体が小川に浮かぶといった、あの悲劇的なシーンをヒントに描かれたものだという。しかし、この絵に描かれたオフェーリアからは全体的に、悲劇の翳りといった暗さはうかがえず、ただ川面に漂っているという感じだ。

それもそのはずこの絵の背景は、イングランド南部にある、ある川のほとりで描かれ、その背景の中に後日、アトリエで、モデルを使って乙女の姿を描き込んだものだという。現実の風景やモデルを対象に写実的に描き、そこに象徴的な意味を託すといった、まさに文学的絵画とでもいうべきもので、日本では、夏目漱石が紹介したことによって有名になった感がある絵だといっていいだろう。

「パウロとフランチェスカ」というダンテ・G・ロセッティの作品も、同じくこのテート・ギャラリーにある。ロセッティの絵というと、まず「祝福された乙女」を思い浮かべてしまうように、実際私もまた、この絵を見るのは初めてだった。やはり文学的絵画というにふさわしい作品で、ダンテの『神曲』にある「地獄篇第二の圏」の一場面を描いたものである。

このシーンの話をもう少しするとこうだ。

地獄を巡り歩くダンテとウェルギリウスは、愛欲の禁を犯した無数の亡霊たちが黒い風に吹き回されて、罰を受けている場所へたどりつく。そんな中にあって、軽やかな風に舞うようにして、寄り添っている男女二人の姿が目に入る。それを見たダンテが「かわいそうな二人よ、近くによって話してくれ……」と呼びかける。

「情多き人よ」「優しき人よ」
「黒き疾風の中にたち」
「汚れた大気をおしてなお」
「我ら二人を呼ぶ人よ」

「愛の炎に心を委せ」「遂に招いた血の終り」
「心の声で呼ぶ人よ」「心の耳で聴く人よ」
「私はパウロ」「私はフランチェスカ」

フランチェスカは、隣の国の城主の許に嫁ぐことになるのだが、破談になるのを恐れた醜男の城主は弟のパウロを身代わりにたて、見合いの席に向かわせる。だが、一目見て、二人は恋に落ちる。二人は互いに燃え上がる胸の熱い想いを心に秘めようとするが、激情に敗れて想いを遂げる。それを知った城主は怒り狂い、手に持った剣で二人の胸を刺し貫く、二人は抱き合ったまま、永遠に宙を漂いさまよう姿にさせられてしまう。

二人が風の中を去《い》くにつれ、ダンテの意識も遠くなり、もうこれまでだと、彼が死体のように崩れ落ちていくという場面。これがロセッティの描いた場面なのである。

この十四世紀初頭に書かれた古典の名作『神曲』は、日本でも何人もの人の手で翻訳され出版されているが、それらの中に、十九世紀中期の版画家ギュスターヴ・ドレのイラストレーションを、谷口江里也の新訳によって刊行した本（『神曲』ＪＩＣＣ出版局）があって、それが私のよく眺める本である。その中にこの「パオロとフランチェスカ」の場面は五カットを占めており、それがとても素晴しいイラストなのである。

実は、私はミレイの「オフェーリア」を見ていてもやはり、この『神曲』の「天国篇」の一場面を思い浮かべてしまうのだ。それは、ダンテが二十五歳の若さで天に召された懐かしいベアトリーチェに会うという場面である。

「ダンテよ、かつて私を愛した人よ
私はベアトリーチェ、今は星、
忘れなさい全てのことを」
「遙かに流れるレテ川の
清く流れる水を浴び」

と続くのだが、この場面を描いたドレのイラストのベアトリーチェと、ミレイの絵のオフェーリアが、私の中で重なって見えてくるのである。

もう一度、ロセッティの絵「パウロとフランチェスカ」に話を戻すと、この作品はうっかり見落としてしまいそうな小さな水彩画で、画面が三つに分けられていることに気づく。まず右側の部分が、その背景に他の魂が炎の形で描かれている、パウロとフランチェスカの二人の絵。中央部分は、それを見つめるダンテとウェルギリウスの絵で、その上部にはなんとイタリア語で「カワイソウ」という文字が書かれている。そして左側の部分には、パウロとフランチェスカが過去を回想し、幸福だった時のシーンが描かれている。

それにしても、いかに文学的絵画だとはいえ、わざわざ「カワイソウ」などと書かないと、ダンテの気持ちが表現できないのだとしたら、そんなもの、絵とはいえないのではないかなどと思ってしまうのだが。

だからというわけではないが、その後「ラファエル前派」の文学的絵画に反発する動きも活発になってきて、このチェルシーの住人の中からも、芸術至上主義を唱えたホイッスラーや、印象派の先駆者となったターナーなどが出てくる。このターナーは、テムズ河をよく題材にして描いた人としても知られる画家である。

チェルシーを歩きながら、このような画家たちが見たであろう風景と、同じ風景の中に今、自分もいるのだなと思うと、絵を描くのが大好きで、クレパスでよく風景画を描いていた子供の頃を、思い出さずにはいられない。子供時代を過ごした九州のいくつかの風景が浮かぶ。筑後川、高良川、室見川、樋井川と故郷の川がその中にある。そこはよく絵を描いて過ごした場所だ。町や市、そして小学校でのスケッチ大会ではよく賞をもらったりもした。

戦後まもない頃の子供の楽しみは外で心ゆくまで遊ぶことしかなかったが、私にはもう一つ絵を描く楽しみがあった。ラジオ、レコードがないわけではなかったが、わが家には、極端に「音」を嫌う父がいた。根をつめて研究に没頭していた若い頃の父には「音」は大敵であった。赤ん坊の泣き声さえはばかられたので、妹や弟の生まれた頃は泣き出すと夜中でも冬の寒い時でも、母は赤ん坊を外に連れ出してあやし、泣き止むと家に入ってくるといった父への気の遣いようだった。

これが父権の著しく低下した今の子供ならきっと言うだろう。

「私たち、楽しんでいるんだから、音がうるさいのなら、お父さんが、耳栓をしたらいいじゃん」と。私が昔、父に言いたかったセリフでもある。

しかしその頃の私の家ではそうはいかなかった。

私の場合、音楽の楽しみがなかったから、当然のことながら聴覚が発達せず、その分視覚が発達したようだ。音楽よりは絵画、動的より静的に、夢幻的より感覚的に、抽象的より具体的に……というふうに。建築でいうなら動的、夢幻的な美のゴシック風より、静的、現実的な美のロマネスク風ということだろうか。

たしか、ポアンカレだったかが、科学者を「解析型」と「幾何型」に分けたが、前者が論理性の強い「聴覚型」、後者が直感にすぐれた「視覚型」ということだろう。

白いアルバート橋が目に入り、現実に引き戻される。もうあちこちで明かりが灯されはじめた黄昏どき、白っぽく見えるこのアルバート橋は、テムズ河にかかる他の橋に比べると、なかなか洗練された風情の橋だといおうか、ちょっと周囲の景色とは不似合いな吊橋である。この橋はヴィクトリア時代華やかりしころ建造されたもので、より繊細なものに見せようと、堅固な構造を必要とする部分は橋桁の下に隠してあるのだという。

そんなアルバート橋を通り越して、もう少し先に進めば、チェルシー・オールド・チャーチやトマス・モアの像などもあるのだが、いつもきまってこの橋まで来ると、今日もここらで引き返そうという気になる。

夕闇せまるテムズ河畔に別れを告げ、オークレイ・ストリートから路地に入ると、そこはプーネ・ストリートとなる。ここにはすでにお馴染みになった、プーネ・アームズというパブがある。いや、パブというより、木陰の喫茶店といったほうがよいか。ロンドンのそこかしこにある、いわゆる時代がかったパブにはとても入る気がしないが、このパブには子供連れや犬連れの客もいる、といった憩いの場所というにふさわしい雰囲気があって好きなのだ。

私はいつもバー・コーナーに行き、バーマンに、エールかスタウトかビターを半パイント注文して庭に出ると、木陰にある白いテーブルの席をとる。こちらの人たちには、生温かいビールをおつまみなしで飲んでいることが多いのだが、私はビールにおつまみは欠かせないし、ここのおつまみでは、キッパーズと呼ばれる鰊の燻製が好きだ。九月になるともう夜はいくらか肌寒くなる。パブの庭のあちこちのガス灯の下に暖房具が置かれるようになる。

この店でひと休みしたあと、私はキングス・ロードの明るい道を選んで、家に戻る。二時間ほどの散歩で、チェルシーの大部分を歩いたことになるのだが、チェルシーとは、そんな小さなエリアだということである。

キングス・ロード

夏休みを利用して、大学院に在学中の娘がロンドンにやってきた。ヒースロー空港の第三ターミナルまで迎えに行くと、大きなトランクをカートに載せ、ショルダーバッグをかけた娘が現われた。久しぶりに見る娘、やっぱりうれしくて、通路に出てきたところで飛びついて両頬にキス、イギリス式に派手にやってみる。娘は唖然、ママどうかしてしまったんじゃないかという顔である。

娘は大学生の頃、語学研修のため一度イギリスに来ているので、今回は二度目。さほど感激する様子もなく、地上を走る地下鉄の窓から外の景色を眺めている。一方、私はつくづくと娘の顔を眺めている。少し見ぬまにきれいになったな。それに比べて、こちらのなんと年をとってしまったことか。かつて私にも、あんな若い頃があったのになあなどと思いながら。

実はこの娘、私が最初のサバティカル（大学の休暇制度）をオーストラリアの、クイーンズランド大学で過ごしているとき生まれた子で、だから今でも、オーストラリア国籍を持っている。この娘の誕生によって、私のサバティカルの後半は、ろくに研究もできず、不本意なまま終わってしまったのだが、まあ娘のせいにするわけにもいくまい。

そして今度は、二度目のサバティカルをここロンドンで、〃一人静かに〃過ごしているところにまたも現われた、まさにサバティカルの申し子のようなこの娘。

「よくまあ、私のサバティカルの邪魔をしてくれるわね」

と嫌味の一つも言いたくなくもなかったが、もちろんそんなことは口に出すわけがない。

「荷物を少なくしなさいって言っておいたでしょう。その大きなトランク、何が入っているの？」

一人なら快適なフラットであるが、今は夫も来ているし、三人となるとそうはいかない。私のほうは春、夏、秋と長期滞在だが、娘のほうは夏の一ヵ月だけ。夏の一ヵ月なら、Tシャツ何枚かとジーパンぐらいでよいものを。どうやら洋服類というよりも、タオルやハンカチなどの小物類をいっぱい詰め込んできたらしい。バスタオルまで持ってきたようで、それに加えて分厚い本が何冊か含まれている。

「何、なに？　その分厚い本……」

「夏休み中に読まなければならない本だから」

「読むはずないと思うよ。ママなんか、はじめから数学の本なんか一冊も持ってきてないんだから」

「ママのは、研究しなくてもよい休暇なんでしょうけど、私はまだ学生だから」

「ママは、今は想を練っているところ。帰ってからコンピュータでやるの。もうJ言語のプログラムもできているんだから」

「え、J言語？　そんなのあるの」

「ありますよ」

「Cがあるから、Jがあってもおかしくないんだ」

と妙な納得ぶりであった。


娘と一緒にキングス・ストリートを歩くのはとても楽しい。今までだって何度も歩いてはいたのだけれど、連れだって行くとまた新しい発見もある。流行発祥の地キングス・ロードは、まさに若者の街だからでもある。

話には聞いていたが、モヒカンヘアーに、鋲を打った皮ジャン姿で決めたパンクの若者たちの集団を、初めて見たのもここでだ。パンクでなくとも、このストリートを歩く若者たちはみな、それぞれにこれ見よがしの装いを凝らしている。奇抜ではあっても、個性豊かである。出身地が違うように、顔や容姿が違うように、みな同じではなく、各自一番いかして見えるような格好を心得ている。日本の若者のように一様ではないのだ。

黒が流行るというと、みんな黒いものを着て、カラスの集団のようになる。底上げ靴が流行ると、みな底上げし、細い眉がいいとなると、みな同じ形の細い眉になる。髪の毛先をそぐのが流行りだすと、せっかくの日本人の濡れば色の黒髪もそがれて、毛をむしりとられた鳥のようになる。この一律意識、右にならえの原因はどこにあるのだろうか。子供の頃から同じおもちゃ、例えば女の子なら、リカちゃん人形などばかりで、みんな遊んでいたからではなかろうか、と思ったりもする。

同じような服装、同じような格好をして、他人に発する言葉がまた「ムカツク」だの「マジ」だのと一様一律で、極度にその語彙の数が少ないのである。外国に来て、日本の若者たちのこういう言葉を聞かなくなって、私はホッとしているところだ。もちろん、こちらにはこちらで、それに類する若者言葉があるのだろうが、ありがたいことに、そこまで私は英語を解せない。まあ、反抗心は、服装と罵倒語で表わすのが、最も効果的で速効性もあるのだから、いつの時代も若者がそうであるのは当然といえば当然のことなのだろうが。

ここキングス・ロードには当然のことながら、若者向きのおもしろい店がたくさんある。「ラッシュ」というスキンケアーの店もその一つで、若者のあいだで超人気。石鹸、マッサージ・クリーム、マッサージ・オイルなどが並ぶ店なのだが、これらの商品がみな、食べ物であるかのように作られているのである。石鹸はあたかも、スティックですくうカップ・アイスクリームのよう。マッサージ・オイルはチョコレートと見誤りそうだし、マッサージ・クリームはチーズのよう。そもそもこの店のことに気がついたのも、娘と二人、アイスクリームを食べようと誤って入ったことによる。日本にはまだ、これほどの面白スキンケアー用品をそろえた店はないようだが、すぐにできるのではないかと娘は言う。

「アド・ホック」、これは最新ファッションの店。ロンドン・ファッションの最新の傾向がいち早くわかる店なのだそうだ。店員さんがまた過激で、顔中それこそ耳だけでなく舌にまでピアス。一瞬ぎょっとするが、なに、彼らは牛馬を扱っていた〝牧畜民族の成れの果て〟なのだと思えば納得もいく。

「トラスト」という店は、斬新なデザインのさまざまなアイテムを展示、販売している店。食器、特に紅茶やコーヒーカップなどに、新進作家によるモダンなデザインのものが多い。ヴィクトリア王朝風の花柄のものに飽きると、こちらのものに目がいきそうだ。

このような若者好みの店が多いキングス・ロードだから、私にはあまりしっくりこないのもまた当然か。私好みのレストランも、ファッション・ショップもここではほとんど見当たらない。

しかし、キングス・ロードから出ているアベニューには私の好きなレストランがいくらでもある。スローン・アベニューやドライコット・アベニューをほんの五、六分もサウス・ケンジントンのほうへ歩けばよい。イタリア料理、フランス料理、それに伝統的イギリス料理や地中海やアジアのもの、あるいはフランス料理をミックスしたモダン・ブリティッシュ料理などを売り物にしたレストランがいくらでもある。

ファッションの店なら、キングス・ロードに続くスローン・ストリートをナイツブリッジのほうへ七、八分も歩けばよい。ここには今をときめくフランスやイタリアの有名ショップ、日本でもお馴染みのシャネル、グッチ、ディオールなどなど全部そろっている。

その一方、キングス・ロード周辺の街、チェルシー、ベルグレイヴィア、サウス・ケンジントンなど住宅地に建つ百年以上も不変のままであろう建物を見ていると、これからの百年も変わらぬまま存在しつづけるに違いないと思えてくる。もちろん建物の内部の設備やインテリアなどは近代的に改善されているだろう。あるいは大きな住宅用の建物にあるそれぞれのフラットは一家だけでは維持できず、何家族かで住むようになっていることは、フロントドア脇についているベルの数でわかる。だが依然として、そこが中流の上以上、もしくは上流階級といわれる人たちの住宅であることには変わりない。それ以下の人たちの住める場所ではないからだ。

居住地がそうであるように、まだ階級意識の残るイギリスのこと、その生活様式や社会的観念には百年前、ヴィクトリア時代の影を引きずっているのはたしかなことだ。

ヴィクトリア時代といえば、道徳や性の問題やドラッグなど、すべてに厳格であったことで知られているし、前時代的で偽善的にも見えるそれらの考え方に、今の若者たちが我慢できるはずがない。ジェネレーション・ギャップというならどこの国にでもあるが、この地域の頑として他者を寄せつけないといった有り様は、ただごとではなく、日本の上流階級の人などとは比ぶべくもない。このどうにも変化させることができそうもない牢固なものが一方であることを知っている若者たちが、現行の社会、価値観、道徳観などに対する拒否宣言を態度で表わし、街を示威行進したくなる心理もよくわかる。

こうした若者集団の代表的なものが、日本でもお馴染みの、かつてのヒッピー、今のパンクといわれる連中だろう。

イギリスの戦後社会にはその他、テディボーイ、モダニスト、モッズ、サイケデリック・ヒッピー、ハードモッズなどと呼ばれる若者集団が入れ替わり立ち替わり現われている。ところがおもしろいことに、これらの若者の集団のなかには、むしろ体制順応派の軍団もあることだ。これらの集団の服装とくれば、上流階級の伊達男風に長い上着に細身のズボンという姿であったり、軍服風トレンチコートにミラー付きスクーターといういでたちであったり、幅広柄ネクタイにフレアーズボンであったり、スキンヘッズもありということになる。

今このキングス・ロードを闊歩している最新の若者集団「パンク」は、現状への嫌悪を露骨に示す極端な反権威主義を標榜する連中である。サイケデリック・ヒッピーといわれたビートルズが歌った平和讃歌『オール・ユー・ニード・イズ・ラヴ』に対抗してか、ピストンズが『ゴッド・セイブ・ザ・クイーン』を発表し、しばらくヒット・チャートのトップを走り続けたが、このレコードのジャケットの絵が、女王の鼻に安全ピンを突き刺したものであったことは、まだ記憶に新しい。

このように、既存の社会体制にノンを宣言した若者の集団は、いくつも出現しては消えていったことはさっき書いたばかりだが、一番新しい「パンク」もすでに廃れはじめている。そうした若者たちの本拠地がこのキングス・ロードから、夏のカーニバルで知られるノッテイング・ヒル・ゲートに移っているとも言われている。そろそろまた新しい若者軍団が、何か新規な価値観をひっさげて出現しそうな時期であるようだ。

ユーロスター

五月のある日、ユーロスターに乗って、ロンドン―パリ間の往復を試みた。

グレートブリテン島と欧州大陸とを海底トンネルで結ぶという、ナポレオン時代からの夢が実現したのは一九九四年のこと。英仏間に横たわるドーバー海峡の海底を、超特急ユーロスターは二十分で走り抜け、ロンドン―パリ間は三時間で結ばれることになった。

オレンジとグレーの車体の列車に乗車したのは、ロンドンのウォータールー駅にあるモダンなユーロスター専用のプラットフォーム。動き出すとすぐ、テムズ河と国会議事堂ビッグ・ベンが見える。と思うまもなくシティのビル群とそれに続く街並みを通りすぎ、緑色鮮やかな田園風景が開けてくる。そこはケント州の田園地帯で、緑の田畑や牧草地の中に小さな農家の家々が点在し、なんとも美しくのどかな風景である。

「ただ今、ユーロスターは世界最高時速三〇〇キロメートルで運転中です」

と英仏両国語でアナウンスがあり、そんなにスピードがでているのかなあと驚く。

世界最速の三〇〇キロというのは、日本の新幹線「のぞみ」と、フランスのパリ―ボルドー間を走るTGVと同じであるようだが、三〇〇キロで走っていても、日本のように沿線ぎりぎりのところまで住宅など建っていないから、スピード感もあまり実感できなければ揺れもなく、ただ静かに疾走している。ただしロンドン行きのユーロスターとすれ違うときは、一瞬ヒューンという音がして、すごいスピードなのだということに気がつく。

もう十年も前のことだが、スペインで当時、たしか世界最速といわれていたタルゴ特急に乗ったことがあった。始発のマドリードから赤土の大地ラ・マンチャ地方やアンダルシア地方を走り、コルトバまで約四時間ほどの列車の旅だった。

日本の新幹線もすでに最速二一〇キロをだしていた頃だから、タルゴ特急のほうはもう少し速く走っていたのだろうか。しかし、新幹線より列車の横揺れは激しかったように記憶している。その後スペインにも、新しくAVEというのができて、マドリード―セビリア間を二時間十五分で結ぶことになった。

ユーロスターの内部の座席は、日本の新幹線に比べて非常にゆったりと作られていて、座り心地もよい。一等には一人用、二人用、四人用の席があり、すべて一律でないところがよい。食事も座席まで運んでくれるし、書き物をしたりワープロを打つにも、テーブルが大きめで使いやすい。

ユーロスターは、フォークストンで海底に入る。いよいよドーバー海峡だ。

「列車はまもなくユーロトンネルに入り、約二十分で通過いたします。時計の針を一時間進めて、フランス時間に合わせてください」

と、またアナウンス。

トンネルを抜けると、そこはもうフランスのカレー。フランスの入国審査官がパスポート・チェックに巡回してくる。海底トンネルによって入国とは……地球上、他にこんなところはないだろう。

しばらく、今度はフランスの広大な田園地帯のパノラマを楽しんでいるうち、はやくも終着駅パリに着く。パリの北駅界隈には北ホテルなどもあり、同名の映画でもお馴染みの場所。北駅の駅舎を外から眺めると、彫刻なども施されていて、荘重というか壮大な建築物であることがわかる。

数日パリに滞在しただけで、私はまたユーロスターでロンドンに戻ってきた。するとさっそく、ユーロスターに乗った際に付けていた手荷物用のタグを目ざとく見つけたイギリス人に、ユーロスターはどうだったかとか、特にイギリスとフランスの違いに何か気づかなかったかとか、尋ねられた。

「車窓からの景色はどう?」

「トンネルを通り抜けると、たしかに景色の感触が変わりましたね。フランスに入った途端、ときどき送電線が目につくようになって、せっかくの眺望を邪魔している分だけ、私はイギリスの田園風景のほうが好きですね。特にケント州一帯の景色は、とても気に入りました」

「列車の揺れのことで、何か気がつきませんでしたか」

「いえ、別に……」

「イギリスのほうが列車の揺れ、ガタガタとひどいはずですよ。それはね、イギリスでは古いレールを使ったからです。ヴィクトリア時代のものを……」

とのこと。

うーん、年代物のレールかとびっくりする。もっともイギリスでは一八三〇年に、マンチェスター—リバプール間の鉄道が開通して以来、全土にほとんど今の形で鉄道が敷かれたのはヴィクトリア時代のことだ。今度のユーロスターのレールにも、利用可能なヴィクトリア時代の残りものを使って古いものを大事にしたということだろう。

ところでこの夏、ロンドンではチューブ・ライン（地下鉄）が三ヵ所も不通になって、日常生活にも不便をきたすような事態を起こしている。地下鉄の老朽化は、労働党政権にとっても頭の痛い問題で、テンプル駅は閉鎖されているし、私の住むスローン・スクエア駅の二つ隣の駅グロスター・ロードが不通となり、サークル線が折り返し運転となった。ノッティング・ヒルにも行きにくくなったし、ウィンブルドンのテニス会場に乗り換えなしで行けるはずだったのに、二回も乗り換えなければ行けなくなった。結局ここは、ウィンブルドン大会がとうに終わったあとの八月になって、やっと再開通した。

七月、イギリス南西部にあるプリマスに、友人宅を訪ねて出かけたのだが、そのとき地下鉄パディントン駅は大修理中、ここからプリマス行きの列車に乗ったのだが、ここでなんとも怖い目にあった。

というのも、パディントン駅を出るとすぐ、レールが何本も並んでいる、何やら複雑そうに絡み合って見えるポイント切り替え場所を通過する。そしてこの場所で、例えば三車線の高速自動車道路で、二本の車線を一挙に横切って追い越し車線に割り込んでいくようなことを、列車がやってのけるのである。ひとつ間違えば衝突事故を起こしそうな、こんな場面に遭遇してしまって、私は肝を冷やしたものだ。もっとも、何年か前、実際このあたりで列車事故が発生し、その後列車に何らかの予防装置がつけられたりして改善され、安全になったということであるが。そうと知ってもつい不安な気分になってしまうから、パディントンから列車に乗るときは、郊外に出るまで、しばらく外を見ないようにするのがよい。

ところが、不安だの肝を冷やしたどころのことではなかった。私が帰国した直後、まさにこのパディントン駅のそばで、列車同士が衝突、一〇〇名近い死者が出るという大惨事が起きたのである。私は胸をなでおろすばかりだった。

さて、話をユーロスターのことに戻そう。イギリスとフランスの一番の相違点は何かと聞かれれば、まず食事であると私は答える。

ロンドンからパリ北駅に着いて、さっそく入った駅のそばのレストランで食べた魚のソティーの美味しかったこと、ロンドン滞在中には決してありつけなかった味であった。ロンドンのレストランで美味しいものに出会ったこともたまにはあったが、それはほとんどフランス料理やスペイン料理やイタリア料理などであって、イギリス料理もいろいろ工夫が凝らされてきているというが、まだまだ道遠しの感。あるイギリス人がこう言ったというではないか。「よい材料を使っているというのに、フランス料理のように、素材をソースの中に隠してしまう必要がどこにあるのか」と。この言葉でイギリス料理がどんなものか、おおよその見当はつくというものだ。たしかに「フィッシュ・アンド・チップス」はいうに及ばず、ローストビーフにしても申しわけほどにソースがのってはいるが、本体は裸のままである。また、「イギリスで美味しいものを食べたかったら、一日三回、イングリッシュ・ブレックファーストを食べればよい」とも言われるが、これもなかなか当たっている。

料理の話はともかく、この英仏両国を結ぶ海底トンネルを掘ることに積極的だったのは、フランスのほうであった。一七五一年、フランスの技師がトンネル掘削の提案をしてから実現するまでに、実に二五〇年の時を必要としたこのトンネル。その間イギリスが、終始消極的であったのは、大陸側の軍隊がトンネルを通って攻撃してくることを恐れたためであるともいわれている。

事実、ヒトラーがイギリスに進攻するため、トンネルを掘ることを検討していたともいわれているが、やっとイギリスに鉄の女サッチャーが首相として登場、経済的な実利性が高いという判断からゴーサインを出した。

同じ島国の民としては、陸続きになって、イギリス人がどんなふうに思っているかが気になるところ。その前に日本の話になるが、瀬戸大橋が完成して本州と四国がつながったときのこと、東京から転勤して四国住まいをしていた友人の言った言葉が今でも忘れられない。
「これでやっと安心できるわ。台風でも何でも、何が起こっても歩いて本州に帰ることができるようになったということが、こんなに気分を楽にするなんて思ってもみなかった」と。だとしたら、イギリス人も欧州大陸と陸続きになって安心しているのかなと思っていたら、どうもそういうことでもないらしい。トンネル伝いに、何やかやとよくないものが大陸から入ってくる危険性があるという。そんなふうにして入り込んできた最後のものが、実はゴキブリだったらしいという話まである。

かつて、英仏海峡に濃霧が発生し、飛行機もフェリーも完全にストップしたとき、

——欧州大陸は孤立した。

と言ったという国である。

イギリスはやはり、欧州大陸から離れ、孤高を保ち続けたいというのが本音だったのであろうか。

さて、フランスからイギリスに入ってきたものは、長い歴史のこと、有形無形数限りなくあるが、ウィリアム征服王もそのひとつであろう。

北フランスにあるノルマンディーの公爵であった彼は、王位継承問題でもめていたイギリスに渡ると、紛争の渦中にもぐりこんで、まんまとイングランド国王の地位を手に入れてしまう。一〇六六年のことであった。以来イングランド国王は、このウィリアム王から数えはじめるようで、今のエリザベス二世は四十二代目。

この「ノルマン・コンクエスト（ノルマン人による征服）」とともにイングランドに持ち込まれたのが貴族制度であった。貴族の爵位を表わす肩書きの公、侯、伯、子、男爵のうち、伯爵のEARL以外がフランス語であることからも、それはわかる。

先祖が国王の血筋に近いということで、広大な土地を所有できた初期の貴族の他に、貿易や商業で富を得た新興成金が、国王にとりいって貴族に列せられるようになったという例も多く、そうやって十六、七世紀、イングランドには数多くの貴族が生まれた。いずれにしても、これらの貴族は世襲制になっていて、当主になると自動的に上院議員になれるという特権を有しているのである。

労働党は以前から、この世襲貴族の上院議員入りを阻止することを公約に掲げていたが、私のロンドン滞在中にそれが実現した。千名ほどいたそういう議員をごく少数に減らすべく、貴族同士の互選によって選ぶことが決まったのである。

もう一つ同じ時期に、貴族ならではの遊びである〝きつね狩り〟に禁止法案が提出されることになった。禁止反対派の人たちは、これによって数百人の関係者が職を失うといって異議を唱えた。たしかに狩猟（ハンティング）をするには、猟犬の訓練係、馬の世話係、獲物を狩り出すための勢子など、多くの雇い人を必要とする。

きつね狩りは、きつねの隠れている穴を猟犬に襲わせて狩り出し、これを追いかける犬のあとから狩猟者が馬で追い、犬に襲われて倒れたきつねを人間が取り上げるという、残酷といえば残酷な遊びであったから、動物愛護協会ならずともこれを許容できない人のほうが多いはずである。

きつね狩りが好きなチャールズ皇太子は、この禁止への動きを牽制するかのように、さっそく二人の王子と、例の白に黒斑のフォックスハンドという猟犬を引き連れ、きつね狩りに出かけた。そのため、せっかく香港まで同行したことによって、すっかり親密になっていたブレア首相との仲も、これで終わりだろうと新聞に書き立てられていた。

何も変わらないといつもいわれているイギリスで、世襲貴族の上院議員の数の削減ときつね狩りの禁止法案という、この二つの変化を目の当たりにして、私は「イギリスも変わることがあるんだなあ」と、妙に感心もし、興味深くも感じたのだった。

ユーロトンネルのできたことが、イギリスにどのような影響を及ぼしたのかを示す、おもしろい統計がある。それによると、一九九五年からイギリスに移住するフランス人の数が急増しはじめ、これまでに総計十五万人にも達していることがわかる。

この渡英ブームは、一六八五年のナントの勅令が廃止されたときと、一七八九年のフランス革命のとき以来、三度目のことで、今回の渡英ブームの特徴的なことは、英国に渡った人のなかに若い実業家やビジネスマンが多く含まれていることだという。また、イギリスに本社を移した企業が一二〇〇社にものぼり、欧州に投資された外国資本の三〇パーセントがイギリス一国に集中しているのだそうだ。

これは、イギリスのほうが企業設立の手続きが簡単で費用もかからないとか、雇用者が負担する従業員の社会保障関連費用がフランスの四分の一ですむとか、従業員を解雇するときの手続きが容易だとか、主に雇用者側に有利な点が多いからだそうだ。

ロンドンにいると、海外から働きたいと思って来ても、労働許可証を取得するのが難しいという話をよく聞かされる。これは、EC圏内から未熟練労働者が流入して、イギリス人の職が奪われることを恐れての対応策であったのだろうが、企業設立の増加で雇用者が増えれば、必然的に失業者も減るだろうし、これは好都合という以外にあるまい。

こういうことだけを見ても、イギリスにとってユーロトンネルの開通は、それに見合う経済効果が十分にあったということになるのだろう。

テムズ河の船旅

テムズ河を讃える言葉に、

——セント・ローレンスは只の水、泥水ばかりのミズーリ、しかし、テムズは一滴ずつが液体の姿をした歴史そのものだ。

というのがある。

けれども、私が毎日眺めているチェルシー・エンバンクメントのテムズ河は、雲の低くたれこめた日など、とうの昔に自らを浄化する能力を失っている、川とは言えない河、下水の溜り場のようになっている。それでも、お陽さまの照る日には、川面にわずかながら立つさざ波がきらめき、白いカモメが羽を休めていたりして、ここが海に近い川であることを知らせてくれる。

水の一滴一滴に想いをめぐらせ、そこに意味を見出せるのは、テムズ河のずっと上流のことなのだろう。今回のロンドン滞在中に、あのテムズ河を讃えた言葉を実感してみたくなって、一度はテムズ河上流を船で旅したいものだと思っていた。

テムズ河を船でといえば、下流のほうへならすでに一度行ったことがあった。ウェストミンスター・ピア（桟橋）から、五〇人乗りほどの観光船に乗り、テムズ河を下って、グリニッジまで行った。しかしこの旅は、ロンドンにいてアメリカのミズーリ川か、カナダのセント・ローレンス川の船旅をしているようなものであった。

とはいえ、船からの眺めは当たり前のことながら、ロンドンのもの。この景色は素晴らしい。ウェストミンスター大聖堂、セント・ポール大聖堂などシティの主な建造物を眺めつつ、ロンドン・ブリッジやタワー・ブリッジの下をくぐる。しばらく進むと、右岸にベルファスト号が停泊しているのが見えてくる。大英帝国海軍の栄光を今日に伝えるといわれている軍艦である。

両岸はかつてのドッグの跡。七つの海を支配したエリザベス一世時代に、イギリス海運業の中心地として、活況を呈していた水域である。今はよく注意して見ないと、かつてドッグのあったところだということさえわからない程度だが、当時は一万五千もの木造船や帆船が行き来し、ウォーターメン、ライターメン、ドッカーなどといった働き手たちが走りまわり活況を呈していたという。だが十九世紀半ばには、それも大型化した蒸気船や鉄鋼船に次第にとってかわられていった。

グリニッジで船を降りると、桟橋のすぐ近くに、係留された三本マストの船がある。こちらは帆船時代、中国やインド方面にまで出向き、主にお茶を運んでいたという快速船カティー・サーク号。

そのあとグリニッジ・パークの急坂を上り、旧王立天文台に行く。ご存じグリニッジ標準時零度の地点で、西経、東経いずれも零度の線（子午線）が通っている。入口の脇に、この子午線に立った日時を証明する時刻自動プリンターがあったので、さっそく私も自分の証明書をとる。そうか、もし二〇〇〇年の〇〇時〇〇分〇〇秒にこの子午線に立てれば、〇が九個も並んだ、珍しい証明書がもらえることになるんだなあ、などと思う。

グリニッジで半日遊んだあと、帰りの観光船に乗る。もう少し逆に、海のほうへ行ってくれれば、バリアーが見られるのになと残念に思う。テムズ・バリアーといわれるこの可動式のバリアーは、北海の高潮による洪水からロンドンの街を守るため、十年ほど前に建造されたコンクリートの遮断ゲート。普段はその上を船が通っているのだが、高潮の警報が出ると、鉄の壁が水中よりせり上がってきて、五階建てのビルの高さになり、海からの逆流を防ぐのだという。ところがこれも、二〇二〇年にはもっと大がかりな装置に作り替えられるのだという。ロンドンは少しずつ地盤が沈下しつつあり、また北極圏の気温の上昇により、逆に北海の水位が上昇してきているからだ。

帰りの船は、テムズ河の素晴らしい印象を胸に刻もうという私の意図とはほど遠いものになってしまった。ロンドン塔がかすかに見えはじめ、シティに戻ってきたなあと思うまもなく、雷が鳴って空に稲妻が走ると、一天にわかにかき曇り、大粒の雨が落ちてきた。とまた思うまもなく、ドッグ・アンド・キャット（イギリスでは、どしゃ降りの雨のことをこう言う）になってしまった。視界も遮られ、この観光船もテムズ河の泥水の中に沈んでしまうのではないかと思うと、船自体まで泥船に見えてくる。ロンドン塔に幽閉されたかつての残酷物語まで思い出されてき、恐怖で鳥肌が立ってきた。

船の客は競って、いささか屋根らしきものの付いた部分へ殺到し、その客の重みで船が傾いたのか、屋根の上に溜まっていた大量の水が、端からどっと流れ落ちてきた。客の悲鳴に、船長の助手らしきことをやっている子供が、布切れを持って駆けつけ、水を拭こうとしたものの、そんなもので事足りるような水量ではない。どこでもよいから着岸してくれ、早く下船したいとしきりに思う。

ウェストミンスター・ピアになんとか着いたときには、やれやれ助かったと心底胸をなでおろしたものだった。

いずれにしろ、ベルファスト号やカティー・サーク号などを見た眼に、この観光船はお粗末すぎる。あとで思った。船の名前を見てこなかったが、いったい何という名の船であったのだろう。おそらく……「テムズの栄光の成れの果て号」ではなかったろうか。

八月のある日、ウィンザー・アンド・イートンのリバーサイドより、ソーク・ブラザーズの定期遊覧船に乗り、テムズ河上流へのクルージングに出発する。ヘンリー・ロイヤル・レガッタで有名なヘンリー・オン・テムズまでの七時間の船旅である。

このウインザーあたりまでくると、さすがにテムズ河のたたずまいも美しい。水辺までせまる青々とした草っ原、川面にかかる木々の緑を映して、シティで見るテムズとはまるで別人のような姿で夏を装う。

どこからこういう景色に変身したのだろう。プットニー橋やハマースミス付近で見たこの川の姿はまだまだダメだったから、もしかしたらキュー・ガーデンズ、あるいはハンプトン・コートあたりからかもしれない。丘陵地帯を流れるこの川は、川岸と川面がほとんど同じ高さで接していて、川床がない。そこが日本の川との顕著な違いで、船で旅する人の気持ちを、どこまでものどかで落ち着いた気分にさせてくれるのだろう。

船は、あるときは手入れのよく行き届いた庭園の池、例えばセント・ジェームス公園の池の水面でも滑っているように進み、またあるときは、両岸までせまった熱帯の深い森をかきわけるかのように進む。子供たちがターザンごっこをしている風景にも出くわした。川岸に沿って遊歩道があるところもある。かつての曳き船道の名残りである（テムズ河が交易路の役目を果たしていた頃、人や馬がこの道を通って船を曳いていたのだ）。川岸に沿った小径の向こうに、牧場があったり、立派な別荘が見えたりするところもある。

行き交う船には、手漕ぎボート、ナローボート、カヌー、モーターボート、クルーザー、そしてたまには、白い帆を張ったヨットなども混じる。景観めでたき川辺などには、河岸に船を寄せ、樹木にとも綱を巻きつけ、繋留している人たちもいる。陸に上がり、釣り糸をたれている人、ピクニックを楽しんでいる人などなど……。

テムズ河は、コッツウォルツの低い丘陵地帯に水源をもつ、長さ三〇〇キロほどの川だが、高低差はわずか二〇〇メートルしかない。一キロ流れて七十センチしか下らないという、ゆるやかな川なのである。だから三、四千メートルもあるアルプスの峻険な山々の水を集め、谷を削って一気に流れ落ちるような激流もある川とは、まったく趣を異にしている。

そんな起伏の少ない平地を流れる川ではあるが、それでも行き交う船のため、人工的に水位の高低差を調整する水閘（ロック）が造られている。テムズ河の一番上流にある水閘は、セント・ジョンズ・ロックという名のロックであるが、それから数えて四十五個の水閘がある。

ウィンザーを出て最初に出会った水閘は、ボブニー・ロックといった。水閘の幅は七メートルぐらいで、一度に三、四隻の船しか入れないから、上りの船と下りの船が順番待ちをせざるを得なくなる。また、水閘には小さな家と小さな庭があり、これは水閘守り（ロック・キーパー）の管理事務所兼住宅である。船が水閘までやってくると、ロック・キーパーは水閘の定位置に、船から投げられたロープで固定する。水位の高い川上に向かうときは、まず下流側の水閘を閉じ、続いて巻き上げハンドルを操作して、上流側の水閘を開ける。すると、上から水が流れ込み、数分のうちに水かさが増し、水閘の水位が上流側と同じになるという単純明快な理論によるといおうか、海のバリアー同様、原始的な方法によるものである。

水位が上がり、それにつれて船も上がっていくと、体もふわっと浮き上がるような気分。

これが、下流に向かう場合には、水位も船も下がるわけだから、あまり気分のよいものではなさそうだ。たぶん海の引き潮に引っぱられるような、地獄の底に引きずり込まれるような気分を味わうことになるのではなかろうか。

水閘はまた、ちょっとしたコミュニケーションの場といった所で、行き交う船に乗り合わせている人たちがお互いに声をかけ合ったり、ロック・キーパーに挨拶を送ったりして通過していく。それが長旅の、あるいは遠漕の単調さをまぎらわせてくれることにもなる。また、狭い水閘から抜け出るときは、新しく開けた眺望が浮かび上がるときでもあり、やはりうれしいものだ。

穏やかな河畔の風光を楽しみながら、観光船はメイドンヘッドをすぎ、途中、左手にはボーン・ヘッド、右手にクックハムという美しい村落を見つつ、マーロウに着き、私たちはそこで下船する。

マーロウは、ウィリアム征服王よりもっと古い時代に存在していた、マーロウ荘園にその名を由来する。またこのあたりにローマ人の遺跡が多いのは、ケルト人、ブリテン人のあとにやってきたローマ人が、ロンドニウムを作り、その後テムズ河に沿って内陸へ内陸へと進出していって、このあたりを拠点にしていたからである。

予約していたホテルは「コンプリート・アングラー・ホテル」という仰々しい名前のホテルで、日本語に訳せば「釣魚大全ホテル」という奇妙な名前になる。なぜならこのホテルの名は十七世紀、アイザック・ウォルトンによって執筆された『ザ・コンプリート・アングラー』という本に由来するもので、日本語では『釣魚大全』と訳されているからである。

ホテルに入って驚いた。ロビー、廊下、各室、レストランに至るまで、壁紙や額縁などすべてが魚の絵だったからで、どうやら壁紙は初版の『釣魚大全』の精巧な銅版画からとられたもののようであった。鱒（トラウト）、姫鱒（プレーリング）、鮭（サーモン）、鱸（パーチ）、鰻（イール）鯉（カープ）、真鮒（テンチ）、追川（ブリーク）、川鰤（ベイク）……何やら、魚屋に来た気分。

テムズ河畔のこのホテルからは、古い苔むした教会、テムズ河にかかる吊橋、繋留されたボートなどの眺めが楽しめる。裏庭に回れば、堰返しの支流があり、堰の落ち口から水の音が聞こえてくる。芝生が植えられた庭には、大きな柳の老木が二本、やさしく木陰を作っている。白鳥とあひるが数十羽ずつ。まさに静寂そのもの。

――バビロン河の柳に　ハープをたてかけ、
静かに奏でながら　深く瞑想する

と言ったのは、悲しい境遇にあるイスラエルの民であった。ここにはハープこそないが、深く瞑想にふけるには、これ以上の場所はあるまい。こういう場所では人はみな、澄み切った境地になれるというものだ。

次の日、マーロウからヘンリーまで、再び船に乗る。ヘンリー・オン・テムズの町では、毎年七月の第一週にボートレースが行われる。十八世紀後半に作られたというインリー橋のやや下流より、直線コース一マイルと四五〇ヤード（約二〇〇〇メートル）の二つのレーンで、世界中から集まり参加したボートマンたちが、エイトやフォア、ペア、シングルなどのレースで力を競う。この行程間はもちろん、水閘のない水域である。そして、川岸の芝生には今年使用した特設テントがまだ残っていた。

ここまでやってくると、かなり上流まで遡ってきたなあという感が強い。ここからさらに、レディングやアビントンを経てオックスフォードに至る遊覧船はないものかと探してみたが、それはもともとあるはずもないことがわかる。オックスフォードまで行きたければ自分でボートでも漕いで行きなさい、ということらしい。ただし、アビントンはテムズ河随一の難所であるし、オックスフォード付近のロックのそばの陰にある堰返しなどは、瀬がものすごく速いので、溺死する危険もあると書いてあった。

『ボートの三人男』という小説には、次のような記述がある。

――ここでうまく漕ぐためには、この近所で生まれる必要があるだろう。まず流れのせいで、右岸にもってゆかれる。次に左岸へもってゆかれる。と、その次は中流に押しやられ、クルクルと三回ばかり廻ったあげく、今度は上流へ流される。そして、いつの場合も、とどのつまりは、大学のレースボートに押しつぶされそうになるのだ。

となると、オックスフォードまでの船旅はここであきらめざるを得ないのだが、かといってアビントン、ケルムスコット、アワルメといった歴史に名高い村や町を訪ねないまま帰るというのは残念だ。次回は陸から、これらテムズ河沿いの土地を訪ねるとしよう。

アビントンには七世紀、アングロ・サクソン人によって建てられた修道院があって、その後、何回も破壊と再建が繰り返されたという歴史がある。ヘンリー八世は、ロンドンにペストが蔓延し、市民の三分の一が死亡したという大災難に見舞われたとき、この修道院に身を寄せて難を逃れた。にもかかわらず、その後ローマ教会と絶縁し、自ら英国国教会の首長になると、彼は修道院解散令を発令し、この修道院をも破壊してしまったのである。その対岸にあるアワルメの村には、このヘンリー八世とキャサリン・ハワードが新婚時代を過ごしたマナーハウスが残っているが、その後キャサリンがどうなったかなどは考えまい。また、わが愛する『ボートの三人男』の著者、ジェローム・K・ジェロームが教会の草深い墓地で眠っているのも、この村である。

アワルメの村を少し上ると、その対岸にケルムスコットがある。『ユートピアだより』を著したウィリアム・モリスが、そこに理想郷を実現させようとした場所である。このモリスも一八八〇年の夏、家族や友人たちと、ハマースミスからここまでの船旅を楽しんでいる。そして、荘園邸（マナーハウス）を友人の画家ロセッティとともに借り、終生の理想とする家を作り上げた。

それは〝人間の、素朴で基本的な生の喜びを尊重し、生活の些事、大地とその営み、季節、天候、汚されざる自然などを心から愛する〟モリス自身の、生来の好みが強くにじみでている所だったと、『ユートピアだより』には書かれている。

さて、オックスフォードよりさらなる上流、テムズ河の行きつく果て、つまり水源はどうなっているのだろう。

かつて、テムズ河の水源に関してはいくつかの説があったというが、今ではそれは、テムズ・ヘッド（T・H）という地名のつけられた場所だということになっている。そこには小さな石碑が置かれていて、「テムズ河の源を示すため、ここに本石を置く」と記され、その後ろに大きなとねりこの木があるという。とねりこの木は太古の霊が宿るといわれた木、テムズ河の水源にふさわしい木だ。

そこを訪れたことのある人の話では、ほんの少し水が湧き出ているだけの、何の変哲もない所で、これがテムズの源流かと拍子抜けしたというから、どうやら、その一滴一滴に歴史を感じるといった水ではないらしい。

そんなとねりこの木陰から少しずつ湧き出た水が、湿地帯や草原の間隙を縫うようにして流れるうち、小さな川になる。川は今度は雑木林、牧草地を通り、なだらかな丘陵地帯を南へと向かう。その間に何本かの支流が本流に流れ込み、水量を増し、川幅を広げる。次に東へ向きを変え、ロンドンのシティを経て北海へと流れ込む。これがテムズ河三〇〇キロの流れのすべてである。

私の船旅は、そのほんの五分の一ほどの距離を、下流から上流へ遡ったものにすぎない。

ミレニアムのロンドン

〝ミレニアム（千年紀）〟という言葉を、私はロンドンに来て初めて聞いたのだったが、この言葉を耳にする頻度は日増しに増えて、暮れに日本へ帰ると〝ミレニアムおせち〟というおせち料理まであって苦笑いしてしまった。

ロンドンのミレニアムを記念する催物の目玉は三つ、ミレニアム・ドーム、ミレニアム・ブリッジ、それにロンドン・アイである。

ロンドン・アイとは、正確に言うとブリティッシュ・エアウェイズ・ロンドン・アイといわれる、テムズ河畔に造られた世界最大の観覧車のこと。ロンドンのREGENERATION（復興？　再建？　新生？　何と訳すのがいいのか……）のシンボルとして造られ、テムズ河北岸のウェストミンスターにあるビッグ・ベンと、川をはさんで斜め向かいの南岸にあるサウス・バンクの開発促進を意図して計画されたものだという。ロンドンの代表的な風景というと、まずビッグ・ベンがあげられるが、今ではこのビッグ・ベンを写真に撮ろうとすると、かなりの割合いで対岸に出現したこのロンドン・アイも背景に入る、といったように、ロンドンの代表的景観にも変化が起きたということになろうか。

八月になって、観覧車の丸い巨大な縁の部分にあたる鉄材が、テムズ・バリアーに現われ、タワー・ブリッジやロンドン・ブリッジをくぐって運び込まれはじめた。なんでまた海上輸送なのかと思いきや、機材はイギリスの自前のものではなく、基礎材はオランダ、ベアリングはドイツ、ケーブルはイタリア、カプセルはフランスと、ほとんど他国製なのだという。

それからしばらくすると、観覧車のまだ分割されたままの縁の鉄材が、一つの大きな円に組み立てられていき、それが立ち上げられて一三五メートルの高さになっていく様は、まさに壮観であった。やがて、その円形の縁に、二十五人乗りの透明なカプセルが三十二個取り付けられ、観覧車は完成。

パリにはエッフェル塔、ニューヨークにはエンパイヤステイト・ビル、そしてロンドンには、ロンドン・アイありということになった。遠くから見るロンドン・アイは、空に立てかけられた、小さなダイヤモンドの埋め込まれたプラチナの指輪のようだ。

さっそくこのロンドン・アイに乗ってみると、まず見えてくるのが国会議事堂やウォータールー駅などで、さらにテムズ河北岸にあるホワイト・ホールの官庁街、王立取引所、イングランド銀行、法曹街などを含む、かつては世界で最も重要な一平方マイルといわれた地域が見えるのだ。テムズ河にかかる橋のうち、西のアルバート橋から、東のタワー・ブリッジまで十一個の橋も見渡せる。

カプセルが上がるにつれ、視界はさらに広がる。西はヴィクトリア、チェルシーの向こうにあるウィンザー城やヒースロー空港あたりまで見はらかすことができ、東にはグリニッジあたり、ミレニアム・ドームもかすかに見えて、その先にロンドン・バリアーがあり、海もあるはずだと見当がつく。目を北に転じると、ブルームズベリー、リージェント公園の向こうに、ハムステッド・ヒースやケンウッドの森が見える。

こうして、私が数ヵ月かけて見てきたロンドンを、三十分で一望のもと見ることができることになったわけである。

グリニッジにできたミレニアム・ドームは、十二本の触手を持った宇宙船がはるか彼方から飛来し、テムズ河畔に降り立ったといった風情のドームで、その外観が私は好きだ。このドームは労働党の肝いりで作られたもので、一年間だけここで各種アトラクションが行われるという。

当初は計二千五百万人の入場者を見込んでいて、開場式には女王陛下や首相も出席、招待客でさえ三時間も待たされたというほどの盛況を呈したが、その後はパッとせず、入場者が一日二千人という日もあり不振続き。そこで、さっそく保守党の党首ウィリアム・ヘイグ氏が次の選挙をにらんでか、労働党に噛みついた。このドームは作られるべきではなかった。これを維持するため宝くじの収益金をつぎこんでいるぐらい不振なのだから、会期の一年は縮小し、いやむしろ今すぐにでも閉場すべきだと。

たしかにドーム内にある各パビリオンの出し物は、大人には子供っぽすぎて物足りなく、子供にはディズニーランドのように何度も行きたくなるほどにはおもしろくない。そこで会場を回りながら思ったことだが、いっそドーム内はプラネタリウムの宇宙版にしてしまって、銀河系への旅などをイメージしたものにしてみてはどうだったろうかと。

ただドームの中央で一日二回行われるミレニアム・ショーは、アクロバットなども盛り込まれ、その規模の大きさにびっくりしてしまうものもあった。ショーのストーリーは、未来の地球人と別の星の人々が調和して仲良く生きていけるように考えよう、といった教訓的なテーマのものではあったのだが。

さてお次は、ミレニアム・ブリッジのことだが、これはテムズ河北岸のセント・ポール寺院と、南岸のテート・モダンを結ぶ、人だけが歩いて渡ることのできる橋。橋のデザインは二〇〇以上の公募作品の中から選ばれたもので、平べったいV字型の橋桁を二本、川に建て、横に張った四本のロープで橋を支えるといった、きわめて軽快なデザイン。ただし、パリのセーヌ河にかかる、周囲の建物などと見事にマッチした石の橋とは違って、テムズ河の橋はこの橋にかぎらず実用本位なのか、周囲の景観とはちぐはぐで、あまり趣きはない。このミレニアム・ブリッジは、荘重なルネッサンス様式のセント・ポール寺院と、近代的な建築物テート・モダンを両側に控えているということで、重厚すぎても奇抜すぎてもいけない。となるとこのような二つの建物を結ぶ一本の細い線といった感じの、あまり目立たない軽やかなデザインの橋がベストということになったのではないかと思う。

四月に工事が着工され、翌年六月に完成、渡りぞめとなる。とここまではよかったのだが、開通初日と二日目で約十万人の人がこの橋を渡り終えたところで、突如通行禁止となり、この新しい橋は閉鎖されるという始末。理由は横振れがひどく、歩行者が危険だからということ。

ちょっとした揺れに歩行者が足を踏んばると、ある一方に橋も動く。そんな動作を大勢の歩行者がそろって一斉にすると、共振したかのように一定方向へ動く力も大きくなり、当然橋も大きく揺れる。そんな横振れの幅が十センチにまでなって危険なのだと、通行禁止の理由が新聞に書かれていた。

「橋は軽く、人は重かった」などと揶揄され、そんなこと、設計段階で当然予測がつきそうなものと、多くの人の批判に今さらされている。そして、この橋の通行禁止措置も、今年中に解禁されることはないだろうとの見込み、とんだミレニアム・ブリッジになってしまった。

イギリスの工学のなんたるお粗末さ、と言いたくなるのは私だけではあるまい。もっともこの百年間、テムズ河に新しい橋を架設したことがない、つまり、三十あまりある橋はどれも前世紀以前にかけられたものであるという点を差し引いても、まさか、技術面での百年の空白ゆえの失敗、という言い訳が通用するわけもないであろう。

そういえば昔、

――ロンドン・ブリッジ、落ちる、落ちる……――

という歌があったが、今度は、

——ミレニアム・ブリッジ、振れる、振れる……——

といった歌が流行しそうだ。

聞くところによると、今回選ばれた橋のデザインは、はじめ、ロンドンのとあるワイン・バーのナプキンにインスピレーションでスケッチされたものを基に設計されたというから、この橋の製造にあたったエンジニアは、そのほろ酔い気分をそのまま表現できるような高度なテクニックを駆使して、最初から揺れる橋を作ろうともくろんでいたのかもしれない。

まあ、それは冗談にしても、〝ミレニアム・ブリッジ〟改め〝ロックンロール橋〟とし、のっけから「揺れる歩道橋」をキャッチコピーに、ロンドンの新名所にすればよかったものを。

だがやはり、横振れを修正する工事にまもなくとりかかるのだそうである。果たしてどんな修復作業が行われのか。自国でやるのか他国に頼むのか、そしてうまくいくのか、それはお楽しみといったところ。私の大学の矢上キャンパスでの、新築なった地上七階、地下二階の建物の基礎部分には、「セミアクティブ免震システム」という方式が採用され、このビルが飛躍的に「揺れ」が少ない次世代型の免震建造物になっていることを思い出す。オイルダンパーの初期減数係数をコンピュータ制御するという、当工学部教授の自前の理論の自前の開発になるものだ。

かくして歩いて渡ることのできなくなっているミレニアム・ブリッジの北岸に、私は行ってみた。そこからなら対岸のテート・モダンの人影も見えるという近さ。

テムズ河に最初に橋がかけられたのは、このあたりがまだロンドニウムといわれていた頃だというから、二千年も昔のことだろう。丸太を渡しただけの木の橋だったのか、石を積んでつくられた石の橋だったのか。そんなことを考えながら、二十世紀のハイテクを使ってつくられたのであろう眼前のミレニアム・ブリッジのロープを摑んで揺すってみるが、もちろんびくともせず、かつて山の吊り橋で起こせたような横振れを、私一人の力などでは起こせるわけはなかった。

そこからセント・ポール寺院の前を通って北に五、六分も歩くと、中世まで外壁として使われていた城壁のルートに沿ってつくられた道、ロンドン・ウォールに出る。セント・アルフェーシ教会の庭に、AD一〇〇年頃、ローマ人によって築かれたという砦の角の、櫓の一部が残っている。

このロンドン・ウォールは古代ローマ時代に築かれた基盤の上に、十四世紀、灰色の石を使った土台を付け加え、さらに十五世紀に、その上に赤レンガを積み上げて整備されたという城壁の遺跡である。そこからロンドン・ウォールに沿って近代的な街バービカンが広がっている。

一九四〇年のロンドン大空襲で完全に破壊されたあと、二十年間かけて作られたここは、商店、マンション、文化施設なども含むビジネスセンターとでもいうべき街である。古代ローマ時代のものから中世ロンドンの大部分を含む遺跡が、現在の生活圏に残っていて、それらを一度に見ることができるなんて世界でも珍しいこと。二つ前のミレニアム、一つ前のミレニアム、そして今回のミレニアムと三度のミレニアムが、ここには同時に存在しているというわけだ。

では一体、次のミレニアム、西暦三〇〇〇年はどうなっているのだろうか。未来像を考えてみるのは楽しいことだが、千年といわず百年先を想像することすら難しいのだから、次のミレニアムのことなど当たるも八卦、当たらぬも八卦というか、想像を超えているとしか言いようがない。

十九世紀に予想した「二十世紀の未来像」のなかにも、まったく外れたものはいくつもある。例えば十九世紀末、ドイツにツェッペリン伯号などの飛行船が出現、世間をアッと驚かせるとともに、二十世紀、世界は巨大な飛行船のネットワークで結ばれるだろうといった未来像が描かれたりもしたが、このビジョンは言うまでもなく、飛行機の発達によってたちまちのうちに覆されてしまった。当時考えも及ばなかった新しい技術の開発、その飛躍的発展があったからである。

それでは二十一世紀末には、月開発が進み、月面工業化も起こり、月面都市が次々と生まれているという未来像はどんなものだろう。地球の全エネルギー需要の二千年間分を充たすであろうと計算されている月の膨大な資源に、人類は目をつける。それだけにとどまらず、プラチナ属の金属を大量に含有している小惑星や彗星の開発も進む。ちょうど大航海時代、紅茶を求めて人々が大海原を航海したように、資源を求めて人類は宇宙空間を大航海しているることだろう。

さらに次のミレニアムの頃ともなれば、月や火星、あるいは地球近隣の惑星の開拓だけにとどまらず、核融合エネルギーを使ったロケットで、人類は太陽系を越え、銀河系全域にその開拓地を拡大していることだろう。そして、別の星に住むようになっている人々が故郷である星、地球へ里帰りの旅をしてくる。ここロンドンにやってきた次のミレニアム時代の旅人たちは、次のように言うのではなかろうか。

「物の本によれば（いや、そうではなく、コンピュータの記録によればであろう）、たしか二十世紀には、このあたりにロンドンといわれる大都市があり、テムズという河が流れていたはずだ……」と。

跡形もなくなったロンドンという都市やテムズ河。しかし、そこにコンクリートの遺跡を見つける。

「ああ、これがミレニアム・ブリッジといわれた振り子のような橋の橋桁の残骸か……。よく残っていたものだ、千年もの長きにわたって……」

そして彼らは、このコンクリートのかたまりを感慨深げにじっと見つめる。ちょうど私が今、ロンドニウムの城壁の跡を目を凝らして見ているように……。

ケンブリッジへの旅

娘の案内で、ケンブリッジに行く。私は初めて、夫は三十数年も前に一度訪れている。娘は大学一年の夏、クレア・カレッジの語学研修に一ヵ月参加したことがあるので、ケンブリッジを訪れるのは二回目になる。

ロンドンのキングズ・クロス駅から列車で五十分ほど、このあたりはロンドンの北東に広がる地域で、エセックス州、サフォーク州、ノーフォーク州が総称してイースト・アングリアと呼ばれており、車窓からイングランドの典型的な田園風景が楽しめる。

風景画家ジョン・コンスタブルはこの地に生まれ育ち、このあたりの絵をさかんに描いた。点在する家々のピンクの壁が、コッツフォールの景色を思い出させる。このピンク色は、漆喰に豚の血を混ぜることによって出された色だという。

ケンブリッジは、カム川のほとりにローマ人の街として築かれ、発展し、サクソン時代にケンブリッジと名づけられた都市で、一二八四年にはや最初のカレッジができたという。日本でいうならまだ北条時宗の頃のことで、いかに早い時代に大学ができたかがわかる。

セントジェームス・カレッジなどいくつかのカレッジを見学したあと、カム川下りのパント舟（平底の小さな舟）に乗り、パンティングを楽しむ。アルバイトの学生のような女の子が長い櫂を上手に操り、舟は進む。

クレア橋、トリニティ橋、そしてヴェネチアの名高い橋を模して作られたという溜め息橋の下を通り、川に沿って広がるバックスの木々を眺め、クイーンズ・カレッジの数学橋をしみじみと見つめる。古い何の飾りけもない木の橋だが、中央が弓形に高くなっていて、力学的にもしっかり計算され作られたものであるように思われた。

パント舟を降りてからまた、いくつかのカレッジを見学する。三十数年前に一度来たという夫だが、自分が訪ねたカレッジがどこだったのか思い出せずにいる。たしか大きな道から門に入ったという記憶はあるのだが、その大きな道がわからないという。

娘が、大きな道というのなら、メインストリートであるキングス・パレードではないか、クレア・カレッジもこの道にあり、その隣にはトリニティ・カレッジというのもあるから、きっとそこに違いないと言う。

その言葉にしたがってキングス・パレードを通り、トリニティ・カレッジの門をくぐる。門衛さんに、「ここに生理学教室はありますか」と尋ねるが、わからないという返事。かわりにカレッジの案内書をくれる。

それによると、トリニティ・カレッジは一五四六年、ヘンリー八世によって創設されたとあり、大門にあるヘンリー八世像は十九世紀、あるいたずら好きの学生により、王の笏と椅子の脚とがすり替えられたものだという。したがってこのヘンリー八世は、手に椅子の脚を持っているという愉快な姿。中庭の芝生の中央に噴水があるのだが、これがバイロンが水浴びを楽しんだところ。

また、ニュートンが『プリンピキア』を著したという部屋もあり、りんごの木もあるという。微分積分を生業とする私である、微分積分学の創始者に敬意を表しつつその前を通る。また、案内書にはここから二十八名のノーベル賞受賞者が出たとも書かれていた。

キャンパスを一周するうち、夫が、もしかしたらこのカレッジだったかもしれないと言いだした。三十年ほど前、夫はアメリカでの二年間にわたる研究生活を終え、帰国の途中、ホジキン博士を訪ねてこの地にやってきたのだった。

もう少し建物の中に入って、いろんな部屋を見てみようということになる。夫は立ち止まり、小さめのホールといった感じの部屋をのぞいている。だが、この部屋の入口のドアにあいにく「今は入れない」と立て札がかかっている。入れないとは残念だと思いながらもう一度、中庭をひとめぐりして戻ってくると、レセプションの後片付けでもしていたのだろうか、今度はもうその札も取り去られていた。

さっそく部屋の中に入ると、高い天井の小講堂といったホールで、机がコの字型に並べられていて、三方の壁には、二、三十枚もの大きな肖像画が飾られていた。これはたぶん、このカレッジの代々の学長か、あるいはノーベル賞の受賞者ではないかしらと、私と娘は話す。夫は、とある机のところまで来て立ち止まり、

「ホジキン先生にごちそうになったのは、この辺だったような気がする」

と言う。「それじゃあ記念に写真でも撮っておきましょう」と、私はカメラをかまえた。

「光線の加減、どうかしら?」

夫が後ろの天井にある窓のほうを振り向き、次に真後ろの肖像画に目に移した途端、

「ホジキン博士だ!」

と驚きの声を上げた。

なんと夫が立っていた場所の真後ろに、その人、ホジキン博士の肖像画がかけられていた

のだった。

「ホジキン博士が、あなたをここまで呼んでくれたようなものじゃない」

と、私も娘も不思議な思いにとらわれて、その場に立ち尽くす。

三十年以上前、ホジキン先生は、自分を訪ねてきた初対面の若い学徒であった夫を、自分の研究室に案内し、いろいろ話を聞かせ、そのあとこのホールでごちそうしてくれたのだという。

「あの頃は、ホジキン先生にしてもそんなに偉い人だとは思っていなかった。それぐらいの研究なら自分にだってできると思っていたけれど……」

「若気の至りというものね」

と娘が言う。

帰りがけ、先生はご自分の原稿に朱を入れ校正したものを、記念にといって渡してくださったのだというが、そのせっかくの先生自筆の論文も人にあげてしまって、今は持っていないという。

きっと、ひたすら研究に没頭していた頃のことで、何事も自分に不可能はないように思えていたのだろう。学問の世界ではなくとも、すべてが可能に思える輝くような日々が、人それぞれの人生にはあるものだ。

ホジキン博士は一九五二年、「興奮のナトリウム説」という論文を発表、人は興奮すると、細胞膜にあるナトリウム・チャンネルという蛋白質が開いて、Na^+（ナトリウムイオン）が入るという学説であった。彼はそのための実験を、プリマスにある臨海実験所で、ヤリイカの巨大神経繊維を使って行っていた。

一方、夫が訪問研究員として一九六三年から六五年まで過ごした、アメリカＮＩＨでは、田崎一二氏が「興奮の二安定状態説」という説を唱えていた。興奮状態と静止状態と二つの状態があり、ナトリウム・チャンネルなどといった特殊なものはなく、物理・化学的法則にしたがって興奮は起きるのだという説であった。田崎博士もまたウズホールの臨海実験所で、その説を証明するべく、やはりヤリイカで実験を繰り返していた。

一九六三年、ホジキン博士はノーベル生理学賞を受賞したが、その十七年後の一九八〇年、実際にナトリウム・チャンネル蛋白を取り出すことに成功、ホジキン説の正しいことが証明されることになった。

アメリカでの実験に二年間参加したあと、ちょうどノーベル賞を受賞された頃のホジキン博士を訪ねた、というのが夫のケンブリッジ初訪問であったのだ。

ホジキン先生の肖像画に別れを告げ、キャンパスの裏に出ると、さきほどパンティングしたカム川の岸に出た。その向こうにはバックスの美しい緑、土手の芝生に三人で座ってひと休み。カム川をボートやパント舟が行き交っている。

この学園都市の空気を満喫しているうち、三十年以上も前、初めて夫に会ったときのことなどを思い出す。私はまだ学生気分も博多弁も抜けきれない頃で、年齢もいま横にいる娘と変わらぬほどの頃であった。夫のほうはというと、この地にホジキン先生を訪問したあと、ヨーロッパ各地にある研究所などを訪ね歩いた末、帰国した直後のこと、よく英字新聞などを小脇に抱えていたものだった。この人は生涯、研究者としてやっていくんだろうなと思わせる雰囲気を漂わせていて、私は彼のそんなところに惹かれたのかもしれない。だから結婚当初は、なぜ彼と結婚したのと問われると、

「だって、ノーベル生理学賞っていうのがあるでしょう」

などとぬけぬけと言って、周囲の人を苦笑いさせていたものだった。

たしかに結婚後、十年近くは研究に没頭しているようであった。

その当時、研究者として成功するには〝運、根、鈍、貧〟の四つがそろっていなければな

らないと、実験グループでよく言われていた。世間でも〝運、根、鈍〟の三つは必要条件と言われていたが、仲間の誰か知らないが、そこにもう一つ〝貧〟を付け加えたというのである。

しかし、四つのうちのどれかが欠けていたのだろうか、それとも長い歳月が何かを変えてしまったのか。私の最初の予想に反して、夫が研究者としてうまくいったとは私にもとても思えないし、まして本人は、その思いをより強く持っていることだろう。

だが、それでよかったという思いも、私には強い。偉い学者ではあるが、家庭を省みないという昔気質の人を私はいやというほど見てきた。家庭生活にしわ寄せが及ぶようなら、研究から多少身を引いてくれたほうがいいという、私たち家族の思いが伝わらないはずもなかった。人生、享楽するをよしとするという家族にあって、父親だけは日夜研究に励まなければならぬというのは、あまりに酷というものだ。著作をものにしたからといって、本の扉に、

――この本を、長い間迷惑をかけつづけた家族に捧げる。

私がこれを執筆するに要した時間は、

本来は彼らのものであった――

などと書いてもらっても、あとの祭りというもの。

そんなことを思いながら、ふと見ると、朝乗ったものと同じ漕ぎ手のパント舟が目の前を通りかかった。

「ハロー、疲れないの？　今日、これで何回目なの？」

と声をかけると、

「三回目です」

と英国版船頭さんが、若い笑顔を返してくる。

川面まで迫った、ほとんど水面と高さの変わらぬ芝生のこの土地。川面はそんな芝生と、木々の濃淡綾なす緑を映して静かに揺れている。いつか日本の雑誌の広告で見た、ボートをともに漕ぐ壮年の夫婦の美しい写真を思い出していた。このカム川と同じように、穏やかで静かな川の情景が素晴らしく、その写真の横には「君に恋した青年は五十歳になりました」というコピーがあったことも……。

時が止まったかのような静寂のなか、いつまでもそんな状態が続くことを祈って、私もまた心の中で「時よ止まれ！」とつぶやきつつ、夕暮れまで、カム川のほとりに佇んでいた。

ケンブリッジへの、ノスタルジックな旅を楽しんできたすぐあと、まさにグッド・タイミングに、「タイムズ」紙に「オックスブリッジにおけるダウンとアウト」という署名(Anatole Kaletsky) 入りの記事が掲載されていることに気づいた。内容の主旨は以下のようなものだった。

――オックスブリッジは今のままでは、ニュートンなど過去、偉大な人物を生んだ大学としてノスタルジックに語られるだけで、将来の偉大な発見からはまったく無縁の大学となり、いずれアメリカの裕福な大学にすべてお株を奪われてしまうだろう。かつて、ピサ大学などがそうであったように……。

そんな記事を、なるほど、そんな感じもするなあと思いながら、私は苦労しつつ読み進めてみた。記事の筆者はさらに、オックスブリッジの財政危機を訴え、政府の早急な対応を求めているのだが、オックスブリッジのような偉大なエリート大学の存在意義を説くなど、大学に関する耳を傾けるべき見解もいろいろ書かれていた。

それは、まず第一にこのような大学の存在は文化を測る尺度であり、社会の成長にとっても、青少年の向学心を高揚させるためにも重要で、我々が我々の手で優秀な学者を生みだし所有することは、何にも増して価値があることだ。しかし、このような抽象的な意義は、サッチャー的物質主義者によって無視されてしまった。

その第二は、これはサッチャー主義者でも無視できないことであると思うが、大学とは経済的富の最大のソースであるということである。エリート大学の存在は、長期的に見れば、石油の備蓄や労働市場の自由化といった問題よりはるかに重要で、その科学的業績が、付加価値の高い新製品の基礎となるという点でも、きわめて重要な存在なのである。

さらにもう一つ。世界経済において、長期的繁栄を持続させるために必要な最終的な価値は、創造力、インテリジェンス、人間活動への理解、この三つに行き着くのであるが、これぞエリート大学が長いあいだ養ってきた、探究の精神とそれに必要な厳格さに基づくものなのである。こういう能力と精神が失われてしまえば、その国の経済的繁栄も必ず傾くことになろう。このことは欧州の主要国のなかでも、とりわけイギリスのような「知識集約型」の経済やビジネス、及び発明や研究に依拠し、ハイテク産業に依存する国にあてはまる。もしイギリスにおいて、このような「知識集約型」ビジネスや産業の競争力の源泉であるエリート大学の、長期低落傾向が今後とも続くようであれば、経済的視野から眺めても、イギリスの産業社会が現在と同じような競争力を維持できるとは考えがたいことである。

そしてこの記事の筆者は、そんな事態を避けるためにはエリート大学に、大衆というライバルを犠牲にしても、あるいはいかに不公平になろうとも、集中的に予算を配分することが必要であると主張している。エリート大学に予算を集中的に配分した例として、アメリカ・カリフォルニアのシリコンバレー（スタンフォード大学やカリフォルニア州立大学バークレー校などの周辺に建設された技術的コミュニティー）と、ボストンのルート一二八（ハーバード大学やＭＩＴの周辺）をあげたりもしている。そして、政府は財源を掘り起こし、十億ポンド以上の資金をオックスブリッジの待遇改善に振り向けよ、と結んであった。

日頃から大学のあり方についいては、大学人の一員として、自ずと考えざるを得ない立場にいるから、おそらくオックスブリッジの一員だと思われるこの筆者の見解には、同感できる部分も多いが、疑問点もないわけではない。

例えばオックスブリッジに、特別に多大な予算二兆円近く（イギリスのＧＮＰの二パーセントにも及ぶ）を振り分けようというのであれば、それに見合う成果を数十年の単位で求められるのも当然の話ではなかろうか。大学の待遇改善のため、それだけの大金を注ぎ込んでも、筆者が言うような大学になれるという保証などないのではなかろうか。大学はもはや象牙の塔にのみとどまることなく、ある分野では、産学共同でやらざるを得ない時代になっているのである。

筆者が例にあげているアメリカのシリコンバレーや、ルート一二八なども、まさにこの産学共同の成果以外の何ものでもないではないか。もっともイギリスとてゼロというわけではなく、ケンブリッジのミルトン・ロードにある「ケンブリッジ・サイエンス・パーク」は、これらに対応するものなのかもしれないが……。

それに、かつて大学の産学共同を言ったのはサッチャー首相で、それに反対したのが、オックスブリッジ自身ではなかったのか。サッチャー首相は教育政策の抜本的改革を唱え、アメリカのような産学共同体をイギリスにも作ろうとした。学問の殿堂である大学を、企業社会の戦力にただちになれるような人材養成の機関へ作りかえようとさえした。この考え方が大学関係者の不評をかい、そのためサッチャー氏自身、母校であるオックスフォード大学から、名誉博士号をもらえなかったともいわれている。

「タイムズ」紙で論述されていた、大学の抽象的意義やその他の諸々の意義ももちろん重要ではあるが、エリート大学だからといって象牙の塔を固守しようとしたなら、二十一世紀にはまず間違いなく、オックスブリッジはその外観同様、〝一時代前〟の大学になってしまうのは目に見えている。

イギリスもまた、その長い歴史にあって、古い価値観が崩壊していくなか、自国の文化やその価値、自らのアイデンティティに自信が持てなくなっているように見える。そんな変化のなかにあって、今でもイギリスが誇れるものというと、シェークスピア、「キャッツ」や「オペラ座の怪人」などをはじめとするミュージカル、オックスブリッジに代表される高等教育、先端技術分野での発明の才、田園風景の美しさ、などであるといわれている。

しかし、ここに上げたものでさえ昨今、危ぶまれてきているのだ。すでに見たように、オックスブリッジしかり、シェークスピアよ、お前もまたなのである。

つい先日、「必須から落ちたシェークスピア」という記事まで現われた。つまり、いかに偉大な作家、偉大な作品とはいえ、シェークスピアは十六、十七世紀の人、インターネットに夢中になっている世代にふさわしくない。もっと近現代の作家の作品を読むべきで、シェークスピアをいつまでも特別扱いするのはいかがなものか、というものであった。

さて、シェークスピア、ミュージカル、オックスブリッジ、発明の才、田園の美――この五つの誇れるもののなかで、最後まで生き残れるものはたぶん〝田園の美〟だろうと言ったら、イギリス人に怒られるのであろうか。

ロンドンの夏のイベント

日の長いロンドンの夏は夕刻になると、公園にある野外コンサートホールや野外劇場で、音楽会や演劇の公演などさまざまな催物が行われる。また、かつての領主のお城や邸宅にある庭園で開催される、アウトドア・クラシック・コンサートなども夏を彩るイベントの一つである。

ロンドンの北部にハムステッド・ヒースという宏大な森林公園がある。そこにはかつて、ケンウッド・ハウスと呼ばれる貴族の館があったのだが、今ではそのすぐそばにある小さな湖にオープンエアー・スペースが作られていて、夏の期間は毎週土曜日に「ケンウッド・レイクサイド・コンサート」という音楽会が開かれる。

このレイクサイド・コンサートに初めて出かけたのは、今イギリスで最も人気のあるオペラ歌手レズリー・ガレットが、ロイヤル・フィルハーモニー・オーケストラをバックに歌うという日だった。早めにチケットを入手したので、湖のすぐ後ろにあるデッキチェアの席が確保できた。湖のすぐ後ろといっても、ステージから幅三十メートルほどの湖で隔てられているから、その席からステージは蓮の葉の浮かぶ湖面ごしに、森の中に立つ丸い筒、あるいはトンネルの出口でもあるかのように見えるだけだ。

ゴールデン・グリーン駅から延々と森の中の道をぬけ、やっとたどり着いたという感じであったが、もうそのあたり一帯にはピクニック気分が満ち満ちている。音楽鑑賞の前に軽くピクニックランチをというわけか、デッキチェアでも、その背後にある芝生の席でも、さらにその周辺の、コンサートのチケットがなくても聴けそうな広い原っぱでも、みんな楽しげにランチの花を咲かせている。ポン、ポンと、シャンペンの栓が抜かれる音があちこちであがり、甘い匂いがあたりに漂っている。冷えたシャンペンにはサーモンの燻製がことのほかよく似合う。

こういう野外コンサートに出かける際には、必需品ともいえる持ち物があるらしい。それはまず大型のバスケット、それもフリーザーボックス付きで、フォークやナイフやお皿など、ピクニック用食事のためには欠かせぬ食器具一式が付いているもの、ということになる。日本のデパートなどでも時々見かけるこの大型バスケットを、私はこれまで無用の長物としてしか見ていなかったが、なるほど、こういうときに使うのかと妙に納得する。

さて、次ぎなる必需品は芝生の上に敷く厚手のブランケット。裏がナイロン製で、表が厚手のウールになっているものがいいらしい。これはぐるっとひと巻きにして、ベルトで縛って持ち歩く。その他、厚手のショールやジャケットなどの防寒衣類。何しろ狸も暮らすという森の中のこと、カラスもねぐらに帰ったあとの夜ともなれば、夏とはいえ深々と冷え込む。

どんな食事の取り方をするのだろうかと、近くの人たちの様子を観察する。魚を二枚におろすように、長いバケットをナイフで二枚におろし（ただし、まな板はなし）、両面にバターを塗ると、そこにハム、レタス、トマト、チーズなどをはさみ、これでサンドイッチの出来上がり、実に慣れたものである。なかでも上手なナイフの使い方に感心する。

いちご、ぶどう、ケーキなどのデザートを食べ終わった頃、ちょうど開演の時刻になり、はるか遠くのステージで音楽の演奏が始まる。まさに森の音楽会といった雰囲気。レズリー・ガレットの歌声が森の空気にこだまして聞こえてくるが、彼女の姿は豆つぶほどにしか見えないのが少し残念だ。

デッキチェアをステージに向けてではなく、空を見上げるのにほどよい角度に直す。見上げる空に、時おり飛行機があたかもステージを覗こうかとするように横切っていく。あたりが暗くなりかけると、鳥たちの群が三つ四つのかたまりになって、群青色に染まった森をめざし飛び去っていく。やがて、周りの木々も闇に溶けて、黒い一つのシルエットへと変わってしまう。

どうやらウトウトしていたらしい。蝶々夫人の『ある晴れた日に』がステージのほうから聞こえてきて、目が覚めた。シャンペンのあとの心地好い酔いと眠り、気がついたらステージはもう終わりに近づいていた。

ケンウッド・コンサートの最終日にも出かけることにした。最終日はまた一段と盛り上がると聞いたからである。

この日は芝生席のチケットしか手に入らなかったが、前回同様、バスケットにシャンペンやパンなどを詰め込み、敷物と十分な防寒着を携えて出かける。着いたときには芝生席ももう前のほうはすっかり人で埋まっていて、私たちは仕方なく、ほとんどここは場外といった草むらにブランケットを敷いて席をとる。

ステージで演奏が始まり、音が流れだすと、芝生席の観客はみな各人各様の姿勢を楽しむ。座っている人、うつ伏せに寝ている人、仰向けに寝る人……森の中に寝そべって夜空の星を見上げながら、生の音楽が聴けるなんて最高だと思う。私の好きな『星も光りぬ』でも歌ってくれないかしら。そんな願いは叶わなかったが、その代わりに隣近所から、星も眠たくなるような、いびきの合唱が聞こえてきた。

暗くなると、誰が持ってきたのか、携帯用のキャンドルがそこかしこに灯され、足もとを照らす。そんなキャンドルの灯がほのかに揺れて、なかなか幻想的ないい眺めである。プログラムも後半になると、すべてイギリスの曲になる。こうなるともう静かにしていられない。人々は立ち上がり、腕と腕を組み合い、歌いだす。フィナーレの『ゴッド・セーブ・ザ・クイーン』が終わると、夜空に花火が打ち上げられ、森の妖精たちの身をこがす。揺れる人波も最高潮に達し、いつまでもいつまでも引くことがない。

幸運にも一九九九年の八月には、この年だけに限った「天体ショー」という夏のイベントがひとつ加わった。八月十一日、今世紀最後の皆既日蝕が北大西洋から中東、インド洋まで広い地域にわたって見られるのだが、イギリスでも南西部にあるコーンワル地方が皆既日蝕帯に入るのだという。ここロンドンでは皆既日蝕とまではいかないが、九十六パーセントほど太陽が欠けるのを見ることができる。

保養地でもあるコーンワル地方には、一〇〇万人近い人が繰り出すようで、もう何年も前からホテルなどは予約で満員になっていたという。ところが、その日が迫ってきて、天気予報で太陽の出る確率はわずかと言われだすと、人々はそこから船を繰り出し、海上を東へと移動しているといると報道しているではないか。

　ハンガリーでは日蝕のテレビ中継のため、ミグ39戦闘機を飛ばすのだという。イギリスではある旅行会社がコンコルドをチャーターし、日蝕を見ようというツアーを組んだ。地上からは長くても二分半しか見られないけれど、このコンコルドは月の影の真下を飛ぶとかで、皆既日蝕を十一分間も見ることができるというのである。まさに世はお日様も驚く日蝕騒ぎだったのだが、実際このツアーは後日ひと騒動起こすことになる。座席の位置の関係でまったく日蝕を見ることのできなかった乗客が、料金の返却を求める訴訟を起こしたのである。

　その結末がどうなったのかは知らないが、私もロンドン市内で見るなら、どの場所がいいのかいろいろ思案していた。迷ったあげく、結局いつも散歩に行くハイドパークのサーペンタイン湖の東南端にあるカフェテリアの前の、柳の下にあるベンチにしようということになった。

　ところが前日になっても、まだ日蝕用メガネが手に入らない。あっちこっち探すが、どこも売り切れ。でもガラスとローソクがあればすぐ作れるのだが……。

私がまだ小学生だった頃だから、一九五〇年代のことであろうが、福岡市の西公園にある学舎で、手製のくもりガラスを目にあて日蝕を見た日のことが思い出される。と同時に、礼文島という地名の記憶が甦ってきたから、たしか北海道の端が皆既日蝕が見られる地帯にひっかかった時のことだったのだろう。

日蝕の当日、ここロンドンは天気予報通りの曇り空、朝九時頃ハイドパークに行くと、もうかなりの人出。池のボートに乗っている人、デッキチェアに寝そべっている人。空には幸いなことに、ほどよい厚さの雲が流れていて、その薄雲がちょうどくもりガラスの役目を果たしてまぶしくもなく、肉眼で太陽を見ることもできるし、カメラのレンズを向けることもできる。

十時になると、太陽の形が少しいびつになってくる。十一時近くになると今度は、太陽が三日月のように細くなる。黄昏どきのように少しずつあたりが薄暗くなっていくと、サーペンタイン湖にかかる同名の橋の街灯に明かりが灯る。気温も何度か下がったようだ。この異変に気づいたのか、池の鳥たちが二度、三度、群をなし、羽音激しく、何処ともなく飛び立っていき姿を消す。

十一時十分頃、月の合間からわずかにこぼれる最後の光、と思うまもなくダイヤモンドリングとなって一瞬輝く。このまま太陽が永久に隠れてしまったら……と、ふと思う。だが宇宙の営みは永久不変だとでもいうように、やがて月の右側から光が戻りはじめると、周りの人たちから安堵するかのような歓声が上がる。十二時三〇分、日蝕は終わった。

翌日の新聞には、ロンドンの大多数の人たちがオフィスの仕事を一時中断し、広場や公園、あるいはテムズ河にかかる橋などに出て、この天体ショーを楽しんだとあった。どうやら今世紀最後の日蝕は、ロンドン子にとってはコーンワル地方まで出かけるよりも、コンコルドに乗るよりも、自分の家のすぐそばで見るのが正解であったようだ。

次回の皆既日蝕が日本で見られるのは二〇〇九年、金環蝕は二〇一二年。私は今回のものを見れたので、なんだか一度得をしたような気分である。

リージェント・パークにもオープンシアターがあり、夏になるとここではシェークスピア劇が上演される。『十二夜』が演じられているときだったので、見に行ってみようよと娘を誘ったのだが、ミュージカルは好きでも、古典劇はどうも好きになれないのだという。友人と一緒に行こうとしたときも、ちょっと迷いはしたのだが、シェークスピアより公園のバラの花を見ていたほうがいいという話になり、結局見る機会を失ってしまった。

一方、アルバート・ホールの『プロムス』という音楽会は素晴らしく何度も行った。「ヘンリー・ウッド・プロムナード・コンサート」というのが正式な名称なのだが、アルバート・ホールでのこのコンサートは七月中旬から九月中旬まで、実に八週間の長きにわたり、計七十二回も行われるシンフォニー・コンサートでもある。ＢＢＣ放送の主催によるもので、クラシック・ファンにはこたえられない催物といっていい。

会場となるアルバート・ホールは一八七一年、ヴィクトリア女王の亡くなった夫、アルバート公を記念して作られた円形劇場で、その正面向かい側にあるケンジントン・ガーデンに建つアルバート記念像と対になっている。ホールの外壁は、当時の建築材料の主流であった赤レンガとテラコッタ作りで、この地域アルバートポリスのテラスハウスと同じ外観を呈している。しかしよく見ると、上部は陶板で装飾されたファサードで、王立裁判所、セント・パンクラス駅、自然史博物館とともに、ネオゴシック様式といわれるヴィクトリア朝時代の代表的建築物なのである。

内部には鉄とガラスで作られた、円周二二四メートルにも及ぶ巨大なドームを持ち、八千人の観客を収容できる。音楽の演奏会場というより、格闘技でもやったほうが似合っていそうな会場だなと思っていたら、テニスやボクシングの試合にも使用されているという。日本の大相撲も実はここで行われていた。

観客席であるが、ステージを囲むようにして、なんとその真後ろまで席が設置されているのである。ステージをぐるっと取り巻いているその席は、一階、二階、三階とあり、普通のビルなら五階といった高さまである。前方にパイプオルガンがあるのだが、これがミサイルの発射台のように見える。その発射台、パイプオルガン奏者の日本の友人を座らせたいものだと思う。この時代がかったホール、実は「ウェッジウッドのスープ鉢の蓋」などと皮肉られてもいて、音響効果も悪いと、そういう点では評判もよろしくない。

ステージと同じ高さのすぐ前の席が、立ち聞きのアリーナとして使われている。ここが二、三百人ほど入るスタンディング・シート、いわゆる立ち見席で、チケット代はわずか三ポンド（五百円ほど）。貧しい人にも質のよい音楽を、ということで作られたというが、いまやこの席、音楽通の、しかも常連さんたちの席と化しているとか。いずれにしろ二時間半にも及ぶ演奏中、途中にある短い休憩時間を除いて、ずっと立ったまま聴かねばならないのである。

一度私は、この立ち見席の人々に特別に注意を払って見ていたことがあった。楽譜を見ながら聴いている人、楽器の演奏法などを間近で食い入るように見ている人、目をつぶって直立不動で聴いている人などなど、たぶん自分でも楽器の演奏ができる人や、耳の肥えた音楽通の人たちなのであろう、年輩の人が多い。彼らは七十二回の演奏を全部聴こうと、そのために日頃から体を鍛え、この音楽シーズンに備えているのだとか。それぐらい気合いの入った聴き方と見えたし、しかも、そういう人たちが二、三百人もいるわけだ。

ロンドンは、五つの世界的な交響楽団と室内楽団、それにオペラ、さらに多くのレコード会社などをもつ、世界でもそうざらにはない都市だといわれているが、たしかにクラシック音楽のファン層も厚いのだろうと、このスタンディング・シートの観客たちを見ながら思ったものであった。

スタンディング・シートの周りを取り巻くようにして一番よい席（三十五ポンド）がある。この席の椅子は、ステージのほうに向けて少し回転できるようになっていて座り心地もよい。そこから観客席は、ドームのまわりを上へ上へとあがっていき、上にいくほどチケットの値段は安くなる。頂上のような五階あたりの席は、ビルの屋上から地上のステージを見下ろすといった格好、高所恐怖症の人には勧められないかも。

さて、当日の曲目や演奏者名を見ながら、私たちも何回も足を運んだのだが、今夜行こうということになると、まず夕方、少し早めの夕食をとることにする。もちろん、プレシアターという観劇用の軽いメニューの食事もレストランには用意されているから、それですませてしまうこともあった。

チェルシーのわがフラットから、サウス・ケンジントンの駅近くでクロムウェル・ロードを横切り、エキジビション・ロードを歩いていくと、もうそこにアルバート・ホールがある。七時開演の三十分も前に着けば、よほどの人気プログラムでもない限り、チケットは手に入る。だが、後学のために各種のチケットを買ってみようと、一度ダフ屋からも買ってみた。二倍の値段だったのだが、開演五分前になったら一・三倍の値段に下がっていた。まあ、そんなものだろう。

ただし、後学のためにといっても、スタンディング・シートだけはお手上げである。いや、チケットの入手が困難というわけではない。娘に一度、あなたは若いのだからと「スタンディング・シートで聴いてみたら」と勧めてみたのだが、

「日本のひ弱な学生だもの、とてもそんな体力も気力も持ち合わせていない」

とまさに軟弱な答えが返ってきた。

そんな軟弱な娘が、三階あたりの席では、

「音が波打っているようで、ボアンポアンと変にハモってるよ」

と言う。

さらにその上の席になると、下から熱気が立ち上ってくるのか、暑くて眠気をもよおし、ステージの真後ろの席だと、指揮者の顔だけしか見えないといった按配。

「音は前にも後ろにも同じ速さで伝わるんだったよね」

などと娘は言いだす始末。

もちろん回転椅子の席が一番条件がいいはずなのだけど、それが右側のはずれのほうの席だと、第一バイオリンの音ばかり聞こえてきたり……。そんなわけで、音楽を聴くためにはスタンディング・シートがベストなのだとわかった。

でも、このひと夏だけで、いつもの何年分もの音楽を楽しむことができた。BBC・シンフォニー・オーケストラ、ロンドン・シンフォニー・オーケストラ、ロイヤル・ハーモニック・オーケストラ、ロンドン・シンフォニー・コーラスなどなど。

九月中旬のシーズン最後の日、その名も「ラストナイト・オブ・ザ・プロムス」は、それまでと違った特別な仕掛けで、特別な盛り上がりをみせる。ホールの一階の座席はすべて取り払われ、曲目も普段と変わり、オペラ音楽からオーケストラ、イギリス初期の室内管弦楽までと幅広く、イギリス並びにイギリス音楽を讃えるための祭典と化す。そしてBBCも、このアルバート・ホールとバーミンガムとハイドパークに設置されたこれまた巨大な架設スタジオとを結ぶ三元中継放送となる。エンディング・ナンバーはエルガーの「Pomp and Circumstance March NO. 1」で、この曲とともに、ハイドパークに花火が舞い上がる。

ちなみに、このアルバート・ホールは、このシーズンを最後に修復工事に入り、しばらく閉鎖の身になるという。音響効果や照明も近代的なものになり、やがて新装なったアルバート・ホールでまた素晴らしい音楽を聴けるようになるだろう。

かくして、華やかにはじける花火が消えていくのを惜しむかのように、もうだいぶ葉を落としたハイドパークのプラタナスの木々も、北国の早い秋の到来を告げていた。ロンドンの人々も、おそらくこの花火で、夏が終わったことを知るのであろう。私たちも一九九九年の夏の終わりを、ロンドンの人々とともに楽しむことができたことをこの上なくうれしく思ったものだ。

ロンドンの夏のイベントを心ゆくまで堪能し終えると、娘が帰国しなければならない日もきてしまった。私よりずっと甘い父親と二人でよく出かけていた、レスター・スクエア近くの本屋ホイルで買ってもらった経済関係の書籍もだいぶ増えていた。それらに加えてミュージカルや音楽会のパンフレット、それに日本から持参してきた例の分厚い本などを船便で送るべく荷造りしている。

「経済の本、またずいぶん増えたものね。古本屋でも一番持て余しているのが経済書だってこと、知ってるよね。経済書にはハズレ本が多いっていうでしょう。古典や教科書の類いは別でしょうけど……」

「だいじょうぶ、経済の予測ものは買ってないから。計量経済学の本だけで」

「それなら安心、近経ってのはやたら数学を使って、モデルをこねまわしているように見えるわね。それで、当たり前の経済現象を証明してみたり、逆に非現実的な理論が出ると、モデルは正しいが現実が間違っているとか言っちゃって。これ、一部私の実感、一部受け売りの話ですけどね……」

「…………」

「たしかに、物理学の変化率や数学の微分を基礎理論にしていたのでは二十一世紀の経済学とはいえなくなるわね。やるんならもっと徹底的に、量子力学や相対性理論、生物学の研究成果などを経済学に持ち込まなければね……」

「厳しいこと言うわね、ママは。でもそれ『複雑系の経済学』って本に書いてある話でしょう」

「そう。でもいろいろな人が言ってることね。こんな小噺知っている？　あるとき墜落しそうなヘリコプターに神父さんとヒッピー風の男と理論経済学者の三人。一人が犠牲にならないと他の二人が助からないという状況になったの。まず神父さんが、自分が飛び降りて、あなた方を救いましょうと申し出る。次にヒッピー風の男が、自分は人生にそう希望をもっていないから、自分が飛び降りましょうと言う。最後になったその理論経済学者は何と言ったと思う？　理論経済学者はこう言ったの。〝今、ここに、ヘリコプターが二台あったと仮定してみよう〟とね。この小噺、バリバリの理論経済学者のK先生が教えてくれたのよ。実はその少し前に、ある雑誌でK先生の論文を見ていたのだけれど、「ASSUMPTION1」、「ASSUMPTION2」……と仮定が数式の間にたくさん入っていたのよ。それを言ったら、K先生も大笑い」

「きっと、K先生、自戒をこめておっしゃったのね」

娘と先輩風を吹かせてこういう話ができるのももう数年だけかもしれない。そのうちに逆転ということもあるのだからと、ふと思う。

「ところで、船便だと何日で日本に着くの」

「二、三ヵ月かかることがあるって友人が言っていたわ。昔と違って、喜望峰を回っていくというわけじゃないけど、本、夏休みに読むっていうのは無理ね」

「そのうちに着くか。ああ、帰ると大学は始まるし、食事の用意は自分でしなければならないし、夜は一人で怖いし……」

「ママのお父さんなら、間違いなく〝艱難、汝を玉にす〟って言うでしょうね。パパももうすぐ帰るからいいじゃない。こちらは、人口が一人減ってホッとするっていうもの」

こうして、私の最初のサバティカルに生まれ、二度目のサバティカルにロンドンに来た、サバティカルの申し子のような娘は一人で来て、また一人で帰国していった。ゼミの教授宛に出した絵葉書に「私はここでは、おじゃま虫のようです」と書いてあったのを見ると、少しは気にしていたのだろうか。

ヒースロー空港で、またイギリス式の派手な別れを演じると、娘は一度もこちらを振り返りもせず、搭乗口のほうへ消えていった。

「ママ、歌を忘れたカナリアになっているのじゃないの？」

というきつい言葉を一言残して。

喜望峰に立つ

一年間の休暇の締めくくりはアフリカ、喜望峰への旅ということになった。〝遊び納めはアフリカ旅行〟ということに決めて、アフリカ南部の南アフリカ共和国、ジンバブエ、ボツワナの三国を巡るある旅行社のツアーに参加することにしたのである。新学期が事実上始まる四月三日に帰国するという、私にとってはギリギリの日程の短いツアー。この旅行を決めるまでには、私にもいささかの迷いがあった。周知のように、アフリカ各地で絶えず起こっている、民族や宗教の違いに起因する数々の紛争、世界のエイズ患者あるいは感染者の七割が集中しているという衛生状態の悪さ、アパルトヘイト廃止後とはいえ今も残る南アフリカ共和国の人種対立、そのような数々の事情を考えないわけにはいかなかったからだ。

ごく最近も、世界のニュースを伝える番組で、ウガンダで起こった虐殺、モザンビークの洪水による被害の模様などを見たばかりだった。ジンバブエでも白人と黒人の対立が激化し、国内は厳しい状況になりはじめているということはロンドンでも聞いていた。

ジンバブエでは全農地の四〇パーセントを、一パーセントしかいない白人が所有していることに対し、黒人たちが先祖伝来の土地を奪還すべく、次々と白人の農場を襲いはじめていた。白人に対する補償金の支払いは当然、旧宗主国であるイギリスがすべきもので、自分たちが土地を奪われたときは、補償金など一銭たりとももらえなかったのだからと言って。ムガベ大統領も「元解放の闘士」から成る黒人武装団を支持し、イギリスとの戦争も辞さない構えだという。

このように内戦、貧困、飢餓と三重苦にあえぐアフリカに、いささかでも援助をといって、ホスト・ペアレントになり、子供の教育に気を配っている友人もいれば、ジンバブエの婦人たちの自立のためにとミシンを贈り、その指導のため当地を訪れている友人もいる。そんな友人たちの活動を見るにつけ、のこのこと贅沢三昧の観光旅行に出かけるのが憚られるという気持ちもあった。

けれどその一方で、中学の頃、地理の授業で習って以来、アフリカ最南端の地、あの喜望峰に立ってみたいというやみがたい願いは、今も強烈にあった。実現させるには今をおいてないと思ったのである。もっとも中学で地理を習った頃、アフリカは四つの独立国から成っていたが、第二次大戦後の植民地解放、民族独立の波を受け、今や独立国は二十ヵ国を超えるなど、アフリカは様変わりしている。しかし国がどうあれ喜望峰は何ら変わることなく、私の中では不動の位置を占めていた。

また、アフリカは人類発祥の地でもある。「現生人類(現代型新人)アフリカ起源説」別名「イヴ仮説」が脚光を浴びてからすでに久しい。この仮説は、ミトコンドリアDNAの塩基配列の類似性に着目したもので、ミトコンドリアDNAは母系遺伝をすることから、すべての現代人のミトコンドリアDNAは、単一の母親に帰着してしまうというもの。そして、その母親というのが、二十万年前アフリカにいた、現代人すべての先祖「イヴ」であるというわけだ。

この仮説に対立するものに、「多地域連続進化説」と呼ばれる説がある。つまり、世界各地でそれぞれ独自性を保ちながら進化し、現代人類になっていったという説で、例えば現代東アジア人は北京原人の直接の子孫であり、現代ヨーロッパ人はネアンデルタール人の直接の子孫であるというように。しかし、どうやら「イヴ仮説」のほうに分があるらしく、そうなると、われわれ日本人も含め全人類の先祖の地はアフリカということになり、そういう意味でも興味は膨らむ一方だ。

「南アには、いいワインがありますよ」

私がアフリカに行く予定だと言うと、鎌倉に住むO先生はすぐそう言われた。流刑の地セントヘレナ島で、ナポレオン一世の孤独を癒したといわれるワイン「コンスタンシア」がそれであると、そのワインの説明書を手紙とともに送ってくださった。

それによると、この甘美なデザート・ワイン「コンスタンシア」は十七世紀、ケープ総督のサイモン・ヴァン・テア・ステルの命で、ケープ・ペニンシュラの南側の斜面に葡萄の木を植えることによって誕生したものであるという。そこは花崗岩でできた土地で、涼しい湿った風の吹く、葡萄の栽培に適した気候の場所であった。

十八世紀に入ると、欧州各国の宮廷でも愛飲されるようになり、プロイセンのフレデリック大王、鉄血宰相ビスマルク、バッキンガム宮殿やダウニング街十番地の住人たちにも愛されていたとある。しかし十九世紀、ぶどうこぶ虫という害虫によって壊滅的な被害を蒙り、ワインも生産されなくなっていたのだけれど、一九八〇年になって再び、テーブル・マウンテン南東にあるワイナリー「クライン・コンスタンシア」で、往時のまま生産が開始されたのである。O先生の手紙にはこう書かれていた。

――小生の知人宅で、年一回、ホームコンサートが開かれているのですが、コンサート後にはお定まりの宴会となり、小生の出番のフォイヤーツァンゲンボーレと共に、このクライン・コンスタンシアが出てくるのです。

「さあ、ケープタウンに行ったら、この名ワイン『クライン・コンスタンシア』を探そう」とそう思ったら、アフリカ旅行がまた一段と楽しいものになってきた。

成田からバンコク乗り換えで、ヨハネスブルクへ。そこでまた国内線に乗り換え、まずジンバブエのヴィクトリア・フォールズ空港へ向かった。到着後すぐ宿泊の予約をしていたヴィクトリア・フォールズ・ホテルにチェックインしたのだが、それは成田を発ってからちょうど二十四時間後のことだった。ヨーロッパの主要都市に行くときの約二倍の時間を要する長旅であったが、それほど疲れてはいなかった。アフリカのこんな奥地まで丸一日で行けるとは、なんとまあ地球も狭くなったことか。私たちが子供の頃は、福岡から東京へ行くのでさえ一日がかりであった。そのうち「あさかぜ」という特急が走るようになって十八時間になったと大人たちが喜んでいたのを憶えているが、それにしても隔世の感がある。

ジンバブエは、南アフリカ共和国の北東に隣接してあり、北はザンベジ川、南はリンポポ川に挟まれた内陸国で、かつてローデシアと呼ばれていた国である。一大植民帝国を築こうともくろんでいた英国の、ケープ植民地首相セシル・ローズによって、英領ローデシアとされたが、一九七九年に独立、そこにある大遺跡「石の家」にちなんで、ジンバブエと名づけられた。

ホテルでひと息つく暇もなく、明日見る予定になっているヴィクトリアの滝を、今日は上空からと、ヘリコプターでの遊覧飛行に出かける。

このヴィクトリアの滝は、約二五〇〇万年前という途方もない昔のこと、ザンベジ川下流域の隆起によって、川の流れが玄武岩台地が広がる東のほうに変わり、その台地の端に生まれたものだという。現地の人々は長い間、その滝を「雷鳴の轟く水煙」と呼んで、恐れおののいていたのだが、一八四〇年代からアフリカ奥地の探検を続け、ザンベジ川上流まで来たイギリスの探検家リヴィングストンが、その雷鳴のごとく轟きわたる水煙が実は滝であることを発見、母国イギリスに伝えた。そして、当時のイギリスの女王ヴィクトリアの名をとって、ヴィクトリアの滝と命名され、世界中に知られるようになった。北米のナイアガラ、南米にあるイグアスと並んで、世界三大瀑布とされていることはご存じの通りであろう。

四、五人乗りのヘリコプターで、その大瀑布の上空に昇る。広大なサバンナと熱帯雨林の中を縫うようにして走るザンベジ川。アフリカ大陸の中央西側のアンゴラ奥地にその源を発し、ザンビア、ジンバブエを通り、東アフリカにあるモザンビークでインド洋に流れ込む。

この大河ザンベジ川も、ここらあたりでは流れも穏やかで、上空から鈍く光って見える。やがて川幅が広くなり、水量も増したあたりで大きな断層に出会い、その断層に沿って水煙が上がっている。これが名にしおうヴィクトリア大瀑布の水煙であった。それからまた水は、幅の狭い川に戻り、静かに流れていく。

ヘリコプターは次に低空飛行に移り、地上すれすれを飛ぶ。サバンナを駆け回る動物の姿が見える。その動物たち、草食動物なのか肉食動物なのか。いずれにしても、大昔、動物たちと共存していた頃の「ルーシーさん」や「イヴ」たちは、なんと危険がいっぱいだったことだろう。そんなことを思いつつ動物を目で追う。そのうち「ルーシーさん」や「イヴ」などとのんきなことを言っている場合ではない、この遊覧飛行も危険がいっぱいなのだと気がつく。ヘリコプターが事故でも起こせば、滝壺に飲み込まれるか、サバンナのライオンの餌食になるか、二つに一つ、どちらにしても命はないと。

次の日は、滝に沿って作られた遊歩道を歩いての滝見物である。滝の幅が一・七キロだから、遊歩道も二キロ近くあって、途中、水しぶきがかかって濡れることもあると聞いて、雨具の用意もしていく。

熱帯雨林の中にリヴィングストンの像が立っている。そんな熱帯雨林が途切れて、突然視界が開けると、目の前に、割れ目めがけてものすごい勢いで落下してくる巨大な滝が飛び込んでくる。轟音もまたすさまじく、昔々、悪魔が住むところと恐れられていたという話もうなずける。一度途切れた滝が再び顔を出し、今度は延々一キロ以上も続き、落差一〇〇メートルの滝を落下した水が、その勢いの反動で中空に巻き上がり、もう一度、雨となって地上に降ってくる。世界三大瀑布のなかでも、最大の水量を誇るこの滝は、今ちょうど、一年のうちでも一番水量を増している時期でもあった。

毎分五億リットルという水が落下しているというメインフォールズ、ホースシューフォールズ、レインボーフォールズ、アームチェアフォールズとそれぞれ名づけられている、全長一・七キロに及ぶ滝を見て歩いていたら、レインボーフォールズではその名の通り、虹が出た。虹は空にかかるものと思っていたが、草の上にも、歩く人たちの合間にもでき、二重にかかる虹まで見た。やっと遊歩道の出口まで来て、ほっとひと息。雨具はほとんど用をなさず、もう全身びしょ濡れだった。

三十年も前に見たナイアガラの滝に、これほどの凄みはなかったと思う。またナイアガラはライトアップされたりもしていたが、この滝、どこをどう工夫してもライトアップなどできそうもない。これぞ熱帯雨林が生み出した大パノラマ、白煙渦巻く壮大な光景であった。

体を乾かす間もなく、隣国ザンビアの出身だというガイドが、

「この滝、実はザンビア側から見たほうがすごいですよ」

と言いだした。

お蔭で濡れねずみのまま、バスに乗って、ジンバブエとザンビアの国境をひとまたぎするというオマケ付きになった。ただ、国境を越えるといってもこの場合、金網をひょいと飛び越え、隣の牧場にお邪魔したといった感じ。そんなお気軽な国境越えであった。

ジンバブエ側の国境には、国旗を掲げた小さな建物が一つだけあり、そこでパスポートを出し、出国の印をもらう。係の人が横木を上げ、バスを通してくれて少し進むと、すぐザンビア側の入口があり、ここでやはりパスポートを提示し、入国印を押してもらう。といった簡単なもの。ガイドが言う通り、ザンビア側から見たヴィクトリアの滝も、すごい迫力で、オマケ以上の価値があった。

その日の午後には、はやジンバブエから出国し、ボツワナに入国する。ここの国境ではバスから降ろされ、各自、自分の靴の底を水で洗わなければならない。バスも十センチほど水

が溜まったところを通って、タイヤの汚れを落とす。他国の汚れをわが国に持ち込まないようにとの配慮というか、処置なのだろうが、その水が汚いのはどういうわけか。水が貴重品であることを考えても不可解だし、かえって汚れを上乗せして入国させるようなものではないか、という気すらした。(もっとも、後日聞いたところによると、あれは汚れを落とすためではなく、消毒のための処置だったとのこと。)

バスからジープに乗り換えて、チョベ国立公園の中にあるゲーム・ロッジという名のホテルに着く。

このチョベ国立公園は、アフリカ有数の野生動物の生息地として知られている。ライオン、バッファロー、キリン、インパラ、カバ、ワニ……。特に象は七万頭もいるという。朝な夕なに、動物の習性に合わせ、ジープやボートでサファリに出れば、動物たちを間近に観察することができる。まさに動物好きにはこたえられないところだ。

私にはやはり、象が一番見ごたえがあった。

「ジープを一個のものとみなし、自分より強そうだと思うんでしょうか、ジープには襲いかかってきませんが、一歩でも外に出れば、すぐやられてしまう」

とガイドが注意。象は本来大変な力持ちで、大木をも鼻で巻いて倒すという説明も入る。

ジープが母親象と子象の間に割り込んだとき、母親象に威嚇され、ドキっとする。象はとても家族を大切にする動物だそうで、たいてい数頭から十数頭の群をなして行動する。その一日の行動を追えば、象はまず昼ごろ目覚め、川辺に行って水を飲み、また川から五キロほど離れた場所に戻る。そこで夜中までひたすら草や木の実を食べ、それから少しだけ眠るのだという。子供の象は横になって眠るが、大人の象は、あばら骨があたって横になれないらしく、立ったまま眠るのだそうだ。父親は子象が成長すると家族から離れ、ひとりになると、また別のメスを探しに行く。八十歳ぐらいまで生きるが、死ぬ間際になると〝一人旅〟に出て、どこかに身を隠して死ぬのだという。

バオバブの木のように枝を大きく横に広げて、ぽつんぽつんと立っている低潅木しかないサバンナを見ているうち、その対極にあるような日本の、ふっかふっかという感じのブナの森のことを思う。ブナの森には落ち葉などの堆積によって作られた土の隙間がスポンジのように水を吸収、「緑のダム」といわれるほどの保水力がある。そこでは、重なり合う落ち葉や朽ちた倒木などの下、腐食が進み、それを栄養にして微生物や実生など多くの生命が育まれていく。森は遷移するというが、夏には緑の葉をつけ、冬に落葉する樹木から成る森の最終段階、森の極相林が、このブナの森なのだという。

一方で、何百年もそのまま姿を変えようともしないようなサバンナ。おもしろいことに、枯れた老木が倒れもせず、地上に立ったままその身をさらしていたりする。そんな枯れ木がキリンの姿に見えたり、枝の一部が鳥の姿に見えたり、あるいは地に横たわる枯れ木もまた手の込んだ造形をなし、鹿やインパラの立ち姿に見えたりもする。

サファリの帰りに見た、サバンナの地平線に沈みゆく夕陽がとてつもなく美しかった。西の空だけでなく、全空が茜色に染まり、次第にその色は暗さを増し、やがて漆黒の闇と化す。そんな大自然の法則に見守られながら、大地ではさまざまな動物や植物の生命が育まれている。この大自然の営み、この美しい光景こそ、人類誕生の頃から変わらず、私たちの遠い祖先もまた見続けてきたものなのであろう。

夜になると、星空の輝きもまた美しかった。持ってきた南半球の星座表を片手に、南の空に南十字星を探す。天の川のなかにある、星がぎっしりつまった竜骨座と帆座、このなかの四つの星がよく南十字星と間違われるというにせ南十字星である。

南西の空にはシリウス、カノープス、大マゼラン星雲。南東の空にはケンタウルス座。そして西の空には、沈みかけたオリオン座。これらの星座も、私たちの遠い祖先が見てきたものだ。数千億個もの星々を含む私たちの銀河系。そのような銀河を数千億も持つ宇宙。一五

○億光年の彼方には、特異点から突如として生み出される宇宙があるのだと、二十世紀の物理理論、天体観測の成果が教えている。

私たちは、チョベからヴィクトリア・フォールズに戻り、そこから飛行機で南アフリカ共和国のヨハネスブルクに行き、今度はバスでプレトリアに向かう。プレトリアは南アの行政上の首都で、ジャカランタが美しい都市。そこからブルートレインに乗って、南アの立法府のあるケープタウンに向かう。ちなみに、南アの司法府はブルームフォンテーンというところにある。

アフリカ大陸の南端に位置する南アフリカ共和国。この地にはかつて、アフリカ最古の民族の一つ、サン族ことブッシュマンや、コイ族ことホッテントット、それに西アフリカから南下してきたバントゥー諸族などの先住部族が暮らしていた。その後、東方航路の開通によって、ポルトガル人やオランダ人がやってきて、ケープタウンという街を築いた。さらにそのあと、フランスやドイツからの入植者が続き、ここにヨーロッパ文化が根を下ろすことになる。そういう意味でケープタウンは「マザー・シティ」と呼ばれるように、南ア発祥の地でもあるのだ。そして今、テーブル・マウンテンの麓に、ケープ・ダッチ様式やルネッサンス様式のビルと近代的なビルが混在する街になっている。

このケープタウンで、私は南アの現状をつぶさに見聞することになった。街を走ると、近代的なビル街と、極めて貧しいバラック小屋ひしめく黒人居住区とが同居していることにすぐ気づく。大きなところでは長さ十キロ、幅二キロにも及ぶ黒人居住区。そこにはジンバブエやザンビアの村で見たのと同じ「アフリカ」があった。

ドイツ系だが六代前からアフリカに住んでいるという、アフリカーナのガイドさんは、日本で三年間勉強したというだけあって、日本語を上手に使いながらいろいろ説明してくれた。よく注意して見ていると、このガイドさんは、現地の人と話すときはアフリカーンズという、オランダ語からできたこの国の公用語で話していた。私は最初、ドイツ語で話しているのかなと思っていたのだが、この言葉さえ知っていれば何も勉強しなくとも、ドイツ語なら六〇パーセント、オランダ語なら八〇パーセント、ベルギー語なら九十五パーセント、わかるのだという。

このガイドさんは、貧しい黒人居住区が続く地域では、私たちの関心をそらそうとしてか、長々と違った話をしていた。そして、こう言う。

「南アにいらっしゃる観光客のみなさんはすぐ、アパルトヘイトについて質問されますが、今はうまくいっています。私はクリスチャンですから、アパルトヘイトの撤廃など、人として当然のことだと思っています。撤廃されてから以降は、白人と黒人の間には何ら問題はありません。今の南アで問題になっていることは、黒人の部族間に生じている争いと、もう一つは、イスラム教がマフィアと結託して急激にその勢力を伸ばしてきていることです」

しかし、白人と黒人がうまくいっているというのは、どうやら表向きの話だけのように思えた。スポーツの話になったら彼はこう言う。

「南アで一番人気のあるスポーツは、ラグビーです。私たち白人は特に大好きなんです」そんな説明に、私が「では、サッカーはどうなんですか」と聞くと、そのあたりから彼の本音が明らかに出てきた。

「サッカーも人気はありますが、あれは黒人たちが好きで、選手はみな黒人です。でも、ラグビーのほうはフィフティーンのうち、黒人は二人くらいしか入っていません。それではよくないというか……政府も気に入らないようです……」

「それはどういうことなのでしょう」

「この国の白人は十五パーセントほどだからです」

たしかに、コーサやズールーなどのアフリカ人が七十七パーセント、アフリカーナやイギリス系などの白人が十一パーセント、カラードが九パーセント、インド系を主体とするアジア系が三パーセントといった人種構成だと、ものの本にはある。

「黒人が約八〇パーセントを占めているのですから、チームも八〇パーセントは黒人にしなければ、差別だということになってしまうのです。これはスポーツのチームだけの問題ではありません。民間の会社でもそうで、黒人が全従業員の八〇パーセント雇われていないと、高い税金がかけられるのです。金鉱山など国営の企業では、白人のトップの首をみな切ってしまい、代わりに黒人のトップが会社の経営を牛耳るようになりました。そのことはともかく、ただ彼らには教育がないのです」

と今の問題点を指摘しながら、ガイド氏は黒人のことを「彼ら」と言いだした。

「大統領も黒人、各州で選出される大統領もみな黒人です。たしかにマンデラ大統領は白人にも尊敬されています。二十数年もの間、牢屋に入れられていたというのに白人のことを少しも恨んでいない。でも今、政治家になっている人には、マンデラと一緒に行動をして、ともに牢屋に入っていた人たちが多いのです。そのことをとやかく言うつもりはありませんが、ただやはり彼らには教育がないのです」

たしかに、ずっと牢屋に閉じ込められていれば、学校教育など受けられたはずもない。

「さっき通った黒人居住区、たしかに悲惨に見えるでしょう。でも、彼らはあれが好きなのです。彼らには税金を払わなければという考えがないのです。あそこに住んでいる限り、税金を払う必要はないし、電気代や水道代も払う必要がないのです。教育費ももちろん国が払っています。居住区に立派な建物がいくつかあったでしょう。あれが小学校なのです」

「黒人居住区に住んでいる黒人の六〇パーセントは仕事を持っていますし、あそこから脱出することもできるのですが、出てもまたすぐあそこに戻ってくるのです。居心地がいいのか、近隣の国から密かに入国して、あそこの住民になる人もいるんですよ」

「黒人が仕事を得た分、白人は仕事を失い、若い人は大学を出ても仕事がないのです。これも差別ですし、大学にも黒人の学生が増えています。彼らには奨学金がたくさん与えられるせいもあります。そのためか大学のレベルも落ちて、大学出だといっても、外国では通用しなくなってきました」

大学の評価が落ちてきたことや、黒人には奨学金が出るが、白人には出ないという話は、ヨハネスブルクの別の日本人ガイドからも聞かされていた。

「逆差別ですね」

「そうです。差別なのです。ここは白人の住む所ではなくなってきました。私たちの家族も何度もこの国から出ることを考えました。息子も娘もイギリスの大学にやりましたが、帰国してもおそらく仕事はないでしょう」

私にも南ア出身で、アメリカのUCLAに在籍していた知人がいるが、彼もまたもう南アに帰っても仕方ないと、オーストラリアに永住してしまったことを知っている。

「国外に出たいと思っても、なかなか思うにまかせません。私も六代前からこの国に住んでいるアフリカーナで、この国が大好きなのです。この国のお金（ランド）を持っていても、ランドの価値は下がりっぱなしで、とても不安です」

ランドの価値が下がって困っていることは、やはり先の日本人ガイドもこぼしていた。

「あまりこういう話をしすぎてもよくないんです。今日の朝の新聞、ご覧になりましたか。逮捕されてしまったんです、私たち白人の代弁者のような存在だった弁護士が。それで、懲役一年の判決を受けたんですよ」

ジンバブエやボツワナでは何も聞くことがなかった黒人と白人の根深い対立の話を、この南アに来て初めて、私も見聞することになったわけである。先の両国では、旅行前に私が想像していたような、黒人が白人に使われている、あるいは支配されていると感じさせる場面に出会うこともなかったし、観光ホテルでさえトップから下まで全員黒人であったから、それが快く思え、むしろとても気分がよかったのだけれど……。

もっとも両国では、滝とサバンナだけを見て回ったような旅だったから、何も気づかなかったのも当然といえば当然の話だろう。その間、観光客以外の白人を見たのは、ボツワナのホテル内にあるショップで、アクセサリーを卸しにきていた女性一人であった。

私はまた、かつて東京で見た映画『遠い夜明け』と、そのあと読んだ、その映画の原作、ドナルド・ウッズの『ビーコウ』を思い起こさないわけにはいかなかった。それは、一九七〇年代の南アフリカで、文字通り生命を賭けて人種差別と闘った二人の男の物語であった。二人の男とは、若き黒人指導者ビコと、白人ジャーナリストのウッズ。

ビコは先住民バントゥー系の黒人で、白人政府の恩恵を受け、大学に進学することのできた聡明な青年であったが、その大学時代早くに政治運動に目覚め、やがて黒人解放運動の闘士、指導者へと成長していく。

一方のウッズは、六代続くアフリカーナ。親が黒人居住区で商店を営んでいたこともあって、子供の頃は、黒い肌の少年たちと何の別け隔てもなく、それもコーサ語を使って遊んでいたという。だが、白人の大学に入って黒人の住む世界から離れるにつれ、彼も次第に人種差別という偏見に染まっていくものの、卒業後、新聞社に入って報道記者になると、彼は自分の内なる偏見に気づき、次々とアパルトヘイトを非難する記事を書き続けるようになる。

こうして二人は出会い、監視の目を盗んでは家族ぐるみの付き合いをするようになるのだが、そんな付き合いも長く続くことはなかった。二人はたちまち悲劇に襲われることになる。

ケープタウンでの学生集会からの帰途、ビコは検問にひっかかり、許可されている行動範囲を逸脱しているという理由で逮捕され、暴力と拷問のなか、護送車で送られる途中、その三十年の短い生涯を終える。霊安所に駆けつけたウッズは、変わり果てたビコの遺体にむごたらしい拷問の跡を見つけ、政府の「ハンガーストライキによるもの」という死因の発表が嘘であることを知る。

ビコの死の真相を世に問うべく、ウッズは亡命して事実を公表しようと決意する。監視の目を逃れ、国境を越えて隣国レソトへの入国に成功すると、そこから彼は家族とともに、飛行機でイギリスへ脱出する。そしてイギリスで、真相を暴露した本を出版する。

と、そんなストーリーの感動的な映画であったが、緑濃い大自然のなかで素朴な生活を営んでいる先住民の姿や、眼下に広がる美しいアフリカの大地を俯瞰したラストシーンが印象に残る、そんな映像的にも素晴らしい映画であった。

ウッズが書いた『ビーコウ』はその後、十二ヵ国語に翻訳され、世界中でその評価も高まるなか、あの悪名高きアパルトヘイトも一九九一年、やっと廃止されることになった。その三年後、南アでは全人種参加による選挙が行われ、ビコと同時期にやはり黒人解放運動の指導者の一人であったネルソン・マンデラが、初の黒人大統領に選出されたことはまだ記憶に新しいところだろう。

私たちを乗せたバスは夕方、また別の黒人居住区に沿った道を走る。バラックの中で子供たちの元気に遊んでいる姿が見える。日本でみる大きめのワゴン車といった感じの、十六人乗りの乗合いタクシーにぎゅうぎゅう詰めになった黒人たちが、仕事を終えて居住区に戻ってきたところのようだ。そんな乗合いタクシーを何台も見かけた。

そんな光景を見て、ガイドさんに、私はちょっと意地悪な質問をしてみたくなった。

「この黒人居住区のように、いつか白人居住区というのが作られて、そこに白人が閉じ込められ、行動が制限されるような日が来るのではないでしょうか」

「それはありえます。白人は今もどんどん減っていますし……。ただ彼ら（黒人）に今はまだ経済力がありません。しかし、彼らが経済力をつけたあかつきには、そうなることも十分考えられるでしょう。だから、私たちは国外に出たいと思っているのです」

ガイドさんの悩みが、杞憂に終わればよいのだが……。

明日は南アを発つというアフリカ旅行最後の日程は、喜望峰へと向かうケープ半島ドライブの旅である。すでに前日、テーブル・マウンテンやシグナルヒルにも登り、世界屈指といわれる美港と美しい街並みも見た。港にはちょうど寄港中のクインエリザベス二世号も見られた。またマンデラが十八年間幽閉されていた監獄島ロベン島も見えた。この島は最近になって〝人類の自由と尊厳を守る闘いの象徴〟として、ユネスコの世界遺産に指定されたとのことであった。

あのワイナリー、クライン・コンスタンシアには、その周辺が危険だということで行けなかったが、広大な葡萄畑の広がるステレンボッシュという町に行き、そこにあるワイナリーで、ワインの試飲も楽しめた。ナポレオンが愛したという「コンスタンシア」も、ウォーター・フロントにある店でちゃんと探し当てることができた。

カンプス・ベイの美しく真っ白な砂浜のビーチ、チャップマンズ・ピークの絶壁沿いをバスは走り、ドライブは続く。途中、アザラシ島へミニクルーズをしたり、ペンギンのいるビーチに立ち寄ったりもした。断崖絶壁から眼下に、白く輝く砂浜が見え、切り立った岩山がそのまま海に落ち込んでいる光景は壮絶ですらあった。

この風光明媚なケープ半島の本当の最南端は、実は喜望峰ではなく、そこより東南東一五〇キロのところにあるアガラス岬である。だが、喜望峰は一四八八年ディアスによって発見されて以降、東方航路の指標として有名になり、アフリカ大陸最南端の代名詞になった。また、この喜望峰という名はその後、ヴァスコ・ダ・ガマが東方航路を発見したのを記念して、ポルトガル王マヌエル一世が名づけたものだという。

一時間半も走ったであろうか、突然視野が開けてきて、喜望峰自然保護区という地域に着く。前方に広がる海、いよいよ来たかと思うと感慨もひとしおだ。車を降りた途端、強烈な潮風の一撃に迎えられる。帽子を吹き飛ばされ、追いかけてからくも掴まえたところ、その地点がアフリカ最南端の地、喜望峰であった。

「嵐の岬」と一度、ディアスによって名づけられたというだけあって、この風の強さ。左手に迫る崖、右手には白い砂浜、前方五メートル先には、白波の打ち寄せる紺碧の海。そのほんのわずかなスペースに、木のプレートが立っていて、英語とアフリカーンズで、

ケープ・オブ・グッド・ホープ

南緯　三四度二二分

東経　一八度三〇分

と記述されている。一点の雲さえない快晴だというのに、嵐のような風に吹かれ、写真機のシャッターを押すのさえ難しい。二〇〇〇年三月三十一日午後三時、遂に私は喜望峰に立つことができ、感無量であった。

そのあと、二キロほど離れたところにある標高二〇〇メートルのケープ・ポイントに行く。一八六〇年に建てられた灯台の跡で、今は展望台として使われている場所。この展望台からは、喜望峰全域が見渡せてまた爽快な気分。茫々たる海洋は二つの海、大西洋とインド洋とがぶつかるところ。右手に大西洋、左手にインド洋、船影ひとつ見えない大海原は際限なく広がる。十五世紀から十六世紀にかけての大航海時代には、多くの海の男たちが未知の世界に憧れ、船出して、さまよった大海原でもある。

これで、私のアフリカの旅も終わり、やれやれ、無事に日本に帰りつけるかとひと安心していたら、ちょっとしたハプニングが待っていた。

翌日、帰途につくため、ケープタウンからヨハネスブルク行きの南アフリカ航空のエアバスに乗る。上昇した飛行機の窓から、眼下に広がる大地に別れを告げていたら、アナウンスのパイロットが挨拶かたがた、何か冗談でも言ったようで、乗客席からどっと笑い声が上がった。ボーっとしていた私は、その話の内容をちゃんと聞き取れなかったのだが、「この飛行機はこれからポート・エリザベスに向かいます。今日はエープリル・フールです」

と言ったことだけはわかった。

その日はたしかに四月一日だったが、エープリル・フールとはいえ、さすがに「当機はただ今ハイジャックされました」などとは言わなかっろうなと思ったりしていた。

ベルト着用のサインも消え、少し椅子を倒してリラックスした。そろそろ冷たいものでも出る頃合いだが、なかなか出てこない。と思っていたら再び機長のアナウンス。今度ははっきり聞き取れる。

「第一エンジンが止まったため、当機はまたケープタウンに引き返します」

おやおや、またエープリル・フールの冗談かなと思ったのだけど、乗客に笑い声はなかった。スチュアードが通路を回りながら、椅子を元に戻すように指示しはじめた。そして、「重大なものではありません」と言った。

その言い方で、かえって私は、これは大変な事態に違いないことに気づいた。窓から外を見ると、高度も下がっているし、いつのまに方向を変えたのか、海が見え、ケープタウンのテーブル・マウンテンももう目の前に迫って見えていた。そして、それから数分後、このエアバスは静かに何事もなかったかのように、先ほど飛び立ったばかりのケープタウンの空港に着陸した。これで、サバンナ不時着、ライオンの餌食は免れた。

私の周囲でも一斉に拍手が起こった。窓の外を見ると、赤い消防自動車と黄色の化学消防車が何台か、私たちの飛行機を取り巻いていた。エンジンのあたりから煙の出ているのが見えたという乗客もいた。

それから約二時間後、同型の別の飛行機に乗り換え、新しい乗務員とともに再びケープタウンを出発、三時間遅れで、ヨハネスブルクに着いた。週に三便しかなく、次回は二日後の出発になるというバンコク行きの南ア航空の飛行機が、一時間以上も待ってくれていて、ぎりぎりその機にすべり込む。こうして私は予定通り、四月三日の早朝、成田に帰ってくることができた。

第二章　メキシコの旅　一九九三年

テオティワカンの遺跡

春三月、早春の花レンギョウが黄色い花をつける頃、大学の一年間は終わる。学年末の仕事も、入試の仕事も、その他諸々の雑用も、すべて片がつく。

満開の桜の下、新入生でごった返す騒々しいキャンパスに、また戻らねばならない四月が来るまでの一ヵ月間、私は天下晴れて自由の身となる。

一人静かに、何をするでもなく過ごす一日。庭に出て、木々の葉陰からこぼれるやわらかな陽の光を浴び、風を感じ、草や土の匂いに誘われて、しばしまどろむ。こんな〝一人静か〟を決め込むことができるのも、春なればこそである。

この時期、研究に没頭できるのは今をおいてないと、大学の先輩や同僚のなかには、研究室にこもる人もあれば、学会やセミナーに出席するため、海外や国内各地に出かけていく人もいる。

だから、何ものにも煩わされず、何もせずに無為に過ごすと決めている私のような人間は、少数派に属しているといっていいだろう。研究がどうのと今さらじたばたしても、紙を無駄にするだけ。非生産、自然享受こそよしとするのは、早くも老境入りしたせいか、あるいは悟りの境地に入ったとでもいうのだろうか。

しかしこの春は、〝一人静か〟はほどほどにして、思いきり羽を伸ばしてみようと考えていた。羽ではないが、文字通り羽ばたいて飛距離を伸ばし、地球の向こう側に行く。そして、かねてより興味津々であったラテンアメリカまで飛んで、遊ぼうという計画であった。

実は一年前に、メキシコのグァダラハラにある大学から、夫と二人、一週間の招待を受けていた。この旅行が実現すれば、〝一人静か〟というわけにもいかないが、私たち夫婦にとっては、三年前のインド旅行以来の旅になるなと、それまでに二人で旅した国々のことなどに思いを巡らせながら、机上の旅を楽しんでいたりした。

ただ一つ気がかりなことは、病床に伏す重病の父のことであった。もう一ヵ月も前であったら、旅行に出るなどといった気分にはとてもなれなかったろう。幸いその頃、父の病状は危機を脱し……といっても、それが一時的なものであることは明らかであったが、回復に向かっている時期であった。

入院から手術と、数ヵ月にわたって毎日見舞い、看病に疲れた母と、忙しい仕事の合間を縫って、これまた毎日見舞いを欠かさなかった弟と、そうはできない私との間で、ときどき口論になることもあった。私が口を出すとやりにくいこともあるのだろうと、父の病室に行きたくとも行けない日もあった。もう一度必ず父が退院できる日もあるだろうから、その日を待とう。ここで悩んで、父のそばにへばりついていても仕方あるまい。そう思って私は、父のやつれた姿に心を残しつつも、メキシコへ飛び立っていくことにした。

私のメキシコへの興味は古く、一九六八年、初めて外国旅行に出かけたときに始まる。ニューヨーク、ワシントン、エームス、ラスベガス、サンフランシスコと回ったあと、アメリカ旅行の最後に、私たちは、カリフォルニアのサンジェゴにお住まいになっていた夫の恩師をお訪ねすることにしたのである。お邪魔すると先生ご夫妻が、

「そうだ、砂漠に連れていってあげよう」

と、急にアリゾナ方面へのドライブ旅行を思いたたれたのか、そう言って私たちを誘ってくださったのである。

九月の初旬だというのに、フェニックスのドライブインの温度計は、まだ四〇度Cを差し

ていた。風紋のできたヒラ砂漠を横切り、ツーソンで一泊する。さらに南下し、次の日の午後には、メキシコとの国境にある町ノガレスに着いていた。ここでは外国人であっても、パスポートさえ示せば、メキシコに行けるのだという。私たちの思いがけない、アメリカからメキシコへの国境越えと、二時間のメキシコ滞在は、こうして実現したのであった。

国境という言葉には子供の頃から、私にはある種独特の思い入れがあった。しかもこの時は、歩いての、そのうえ初めての国境越えであったから、その後ことあるごとに、私はこの日のことを思い出したものだ。車でアメリカとカナダの国境を越えた時のこと、アルメニア共和国で、ソ連とトルコの国境まであと数キロというところまで行った時のことなどとともに、それは私には忘れられない思い出であった。

国境を越えた先のメキシコの町もまた、ノガレスという名の町だった。しかし、アメリカ合衆国のノガレスとは、あまりにがらりと変わった町の様子に驚いた。インディオと呼ばれる人たちなのだろうか、道のあちこちにたむろし、何をするでもなく座っていたり、眠っていたり、なんとまあけだるく活気のない町なのだろうと。しかし、私たちが訪ねたちょうどその時刻は、昼寝の時間だったのではないかと気づいたのは、のちにスペインを旅行して、シェスタという習慣があることを知ってからのことであった。

二時間の滞在というのは、行ったというにはもちろん、あまりにも短すぎた。今度は国境を越えてではなく、ど真ん中からメキシコを訪れてみたいものだと思いながら、再び国境を越えて、私たちはアメリカ合衆国へ戻った。

私が再び、強くメキシコを意識したのは、メキシコの詩人オクタビオ・パスが来日、私たちの大学の日吉キャンパスで講演をしたときのことであった。

満員の聴衆を前に、このメキシコの国民的詩人は熱っぽく、メヒコのことを、メヒコ文学のことを語った。この講演会は、会場からの質問に答えるという形式でなされ、彼は、詩を書きはじめた動機について、現代における恋愛詩の意味について、スペイン語圏でのシュールレアリズムについて、あるいは西欧での「連歌」の試みについてなどなど、実に多くのことを語ってくれた。そして、その講演会は、彼の自作の詩の朗読によって締めくくられた。

メキシコ及びその周辺一帯が、非常に古い歴史をもっていることはご承知の方も多かろう。メキシコ、ペルー、ボリビア、中央アメリカなどの各地に、かつて複雑ともいえる古代文明が数々存在していたこともよく知られている。アステカ文明もその一つで、アメリカ大陸が西欧世界に発見されるまで、数千年もの間、その文明は孤立したまま存在していた。そのため、宗教改革などをはじめとする、当時のヨーロッパの思想や体制はもとより、その文化的影響を受けることもなかった。

そんななか、十六世紀にやってきたスペイン人によって、たちまち征服され、スペイン帝国の植民地になってしまう。その後、スペイン、ポルトガル両国のイベリア半島の文化が次々と移植され、古代文明の栄えたこのインディヘナの土地に根づき、拡大再生産されていった。だから簡単に言ってしまえば、メキシコ文化とは、アステカの文化とスペイン文化が融合し、渾然一体となったものといっていいのであろう。メキシコ文学について、パスがその著書で次のように書いてることからも、その一端はうかがわれる。

――メキシコの文学は、最初はスペイン文学の一枝にすぎなかったが、次第に異なる樹木になっていった――。

また、自らがインディオの血をひき、メキシコ人のアイデンティティを探求しつづけてきたパスの、次の言葉は印象深いだけでなく、刺激的でさえある。

――メキシコのアイデンティティの問題について、よく言われるが、それはおかしなことで、もしアイデンティティを証明する必要などない国があるとすれば、それがメキシコだ――。

そんな国メキシコへの私の興味は、かくして日増しに高まっていったのだった。

今度はど真ん中からと望んでいた通り、サンフランシスコ経由の飛行機で、私たちはメキシコシティに入った。メキシコシティは中央高原に位置する都市で、もちろんメキシコの首都である。海抜二二四〇メートルとあるから、私が学生時代に登った、故郷九州のどの山よりも高いところにある。ということで私は、ここにきてはからずも高度を更新することができたことになった。

旅装を解くのももどかしく、地図を手に私たちはホテルを出た。すぐ隣はチャペルテペック公園。日比谷公園の四十倍もの広さがあるというこの公園には、メキシコ杉が鬱蒼と繁っていて、その木立ちの中を気持ちよく歩いていくと、やがて巨大な石像が見えてくる。そして、それがメキシコ国立人類学博物館であることに気づく。

博物館の中に入ると、中心に広いパティオ（中庭）があり、それを囲むようにして、三方に二階建ての陳列室がある。一階が考古学関係の展示場で、各時代、各地域ごとに分類された古代文明の遺跡や遺品が展示されている。メソアメリカ室、テオティワカン室、トルテカ室、メシカ＝アステカ室、マヤ室など十二の部屋を見て回る。二階は民族学フロアになっていて、インディオたちの現在の生活様式がわかる展示があるほか、メキシコ全土にわたるインディオの各種族ごとの、民族衣装や民芸品などが展示されていた。

国立博物館に別れを告げ、再び公園の中へ入り、レフォルマ通り、インスルヘンテス通りを経て、ソカロまで歩く。ここまで来ると、さすがに疲れがドッと押し寄せ、明日は市内観光のバスに乗ろうと決めて、ホテルへと引き返した。

翌日は予定通り半日のバスツアー。このツアーで行ったトルテロルコの三文化広場というところは、まさにメキシコの象徴とでもいうべきところであった。三文化とは、アステカ時代、植民地時代、そして現代の三つの文化を指している。このトルテロルコの地は十六世紀の初め、クァウテモック率いるアステカ軍が、コステロ率いるスペイン軍に最後の闘いを挑み、はかなくも散り果てたところ。即ち、アステカ帝国が滅亡した場所というわけである。広場にはまた、以下のように書かれた大理石の碑文があった。

――一五二一年八月十三日、クァウテモックにより、英雄的に守られてきたトルテロルコは、コステロの手に落ちた。それは勝利でも敗北でもなかった。それは混血の民衆、つまり今日のメキシコ人の魂の誕生を意味する出来事であった――。

この十六世紀の悲劇の名所は、さらにもう一つ、悲しみの歴史を加えることになる。それは一九六八年、メキシコ・オリンピックが開かれた年のことだった。中産階級の多くの人々の支持を得た学生運動の集会に向けて、軍隊が発砲、三〇〇人もの犠牲者を出すという事件が起きた場所でもあるからだ。

またここには、アステカ時代の湖上都市テノチティトランの遺跡の模型も置いてあった。今は、ラテンアメリカ一といわれるマンモス団地に隣接するこのあたりも、昔は、湖の上に浮かんでいるような土地だったのである。すぐ隣には、十六世紀に建てられたサン・チャゴ教会。前方遠くに目をやれば、まぶしいほどに建ち並ぶ近代的な高層建築のビル群が見える。この広場はたしかに、アステカ時代とスペインの植民地時代、それに現代と、三つの時代を同時に見ることができる場所であった。

国立宮殿には、中庭に面した二階の回廊に、ぐるりと描かれた壁画があり、これがディエゴ・リベラの有名な大壁画である。メキシコ史を描いた一大叙事詩ともいわれるこの壁画は、アステカ時代からスペイン人による征服を経て、メキシコ革命に至るまでのメキシコの歴史がリアルに描かれている。

大昔のインディオの生活風景、アステカ帝国最後の王ケッアルコアルの雄姿、鉄の鎧を身につけたスペイン軍と、動物の毛皮をまとったアステカ軍との戦闘の様子、スペイン人征服者コステロの姿、植民地時代にあった搾取や虐殺の模様、メキシコ革命に燃え上がる兵士や人民……などなど一大絵巻の観。

なんと巨大でダイナミックな壁画だろうか。このような壁画はみな、メキシコ革命が成立したあと、革命思想に燃える芸術家たちに公共の場を提供し、描かせたものだという。白人優位の社会に対するメソティソの抵抗を、民衆の誇りを、刺激し鼓舞するために描かれたものだともいう。そして、この大壁画の作者リベラと、オロスコとシケイロスの三人がメキシコの三大画家と称されている。

のちにグァダラハラでも、彼らの壁画を見ることになる。ハリスコ州庁舎の中央階段や議会の会議室に描かれた、オロスコの「立ち上がる僧侶イダルゴ」などの壁画がそれ。征服された民族インディオが発した現代社会へのメッセージと解するべきだと説明されたこの壁画は、そのほとばしる狂気のような激しさで胸を抉られる。

どの壁画の前にきても、ガイドは熱弁をふるう。だが、あまりにもリアルに描かれた絵には、至るところに残忍なシーンがあり、思わず目をそらしたくなって、私は何度ガイドの説明の輪から離れたことか。

メキシコの人たち——インディオ、メソティソ、クリオーリョは、どんな思いでこれらの壁画を見ているのだろうか。きっと誰もが複雑な思いに駆られるに違いない。ピカソの「ゲルニカ」のように、防弾ガラスのケースに入れて守らなくても大丈夫なのか。だが、これがオクタビオ・パスの言う「メキシコとは、アイデンティティなどという必要のない国」ということの、一つの表われではないかとも思う。

同じ壁画でも、メキシコのこれらの壁画と対極にあるのが、イスラム教のモスクなどで見られる、非具象、幾何学模様の壁ではなかろうか。いずれにしろメキシコの壁画は、革命思想に燃えた芸術家たちによって、民衆を啓蒙するために描かれたものだというから、私などが見てもどうも気分が乗らず、どうしても素直な気持ちで見ることができないのも致し方のないことかもしれない。あるいは皮肉なことに、一時中国を騒がせた壁新聞にむしろ近いのではなどと思ったりもしたのだが、これもまた致し方のないことなのだろうか。どちらにしても、モスクワのプーシキン美術館、レニングラード（サンクトペテルブルク）のエルミタージュ美術館、マドリードのプラド美術館などで味わえる心地好さは、ここにはない。

そのとき、すぐ思い至ったのが、ソ連の町のあちこちで見かけたレーニン像のこと。あの旅行中、なんと多くのレーニン像を見たことか。

一九八六年、私はアルメニア共和国の首都エレバンを訪れていて、ある研究所のA教授夫妻が、市内の案内役をなさってくれていた。レーニンなどの銅像はもうモスクワでも見ていたし、実は飽き飽きしていたのだが、エレバン市街を見下ろす高台に、一風変わった巨大な婦人像が威風堂々といった感じで立っているのを見つけ、これは今までに見たことのない新種の銅像に違いないと興味をひかれ、さっそくA教授に尋ねてみた。

「あの像は、何なのですか」

「ああ、あれは〝アルメニアの母〟という像で、いわばアルメニアのシンボルといえるものです。アルメニア人は進歩的で婦人を大切にしますから、女性の像を作ったのです」

との返事。

しかし、どう見ても、いかめしい台座に子供を抱いた婦人の像という組み合わせが不自然で、腑に落ちない。けげんな顔を私はしていたのであろう、すぐそれと察した教授が、

「あなたはなかなか鋭い。疑問に思ったのはもっともなことです。実は……あそこには以前、スターリンの像が立っていたのですから」

スターリンはお隣、グルジア共和国の出身である。エレバン全市を見下ろす位置に、睨み

をきかすかのように立っていたに違いないスターリンの像は、スターリン神話が失墜すると同時に取り除かれた。そして仕方なく、あたりさわりのない母子の像にした。なるほど、それなら合点がいく。この像に向かって延びる大通りも、かつてスターリン通りといったそうだが、今は改名されてそれもない。

そのあと、駅前広場のレーニンの銅像の近くを通ったので、また私は教授に尋ねてみた。

「レーニンのほうはまだ大丈夫なのでしょうか。私が今度ここに来たときには、首がすげかえられて、あなたの顔が載っていたりするのではありませんか」

そう言うと、教授はニタリと笑い、

「そういうこともあり得るから、ぜひもう一度、このエレバンに来てみなさい」

とさらりと言われた。

このレーニン像がその数年後には、やはり取り壊される運命にあったことなど、その当時、誰も想像もしなかったのではないだろうか。

メキシコ史の一大叙事詩である大壁画を見ているうち、ソ連のレーニン像のことなどについ思いが飛んでしまったのだが、メキシコの人々の手で、これらの壁画が壊されたりすることなど絶対ないと本当に言い切れるのだろうか、とふと思った。

メキシコに来るまで、このメキシコシティが世界一の人口を抱える都市だということを知らなかった。人口二千万といわれるこのシティに住む民衆の顔はさまざまで、インディオにスペイン人、インディオとスペイン人の混血メソティソ、新大陸で生まれた白人クリオーリョと、実に多種多様な顔の人々なのである。街中に出て、そんな人々の中にいるととても楽しくなる。

一日、メキシコシティから北に五〇キロほどのところにある、テオティワカン文明の遺跡を見に行く。テオティワカンというのは、紀元前三五〇年から紀元後六五〇年頃にかけて繁栄したメキシコ最大の宗教都市国家である。

近代都市メキシコシティを出るとすぐ、インディオの匂いと色彩が強い村が見られるようになり、乾燥した土地に日干しレンガで作られた、貧しいインディオたちの集落が続く。人口の三〇パーセントを占めるといわれる文盲の人たち。しかし、その貧しいたたずまいにも、インドで賎民たちの生活を垣間見たことのある私は、さほど驚かない。

やがて、サボテンや竜舌蘭の群生の間から、二つのピラミッドが見えてきて、テオティワカンの遺跡の入口に着く。

遺跡の中央を、南北に大きな通りが走っている。すでに国立人類学博物館で模型を見ていた、あのケッアルコアルの神殿があり、そこには、羽毛のある蛇という意味のケッアルコアルと、南の神トラロックの像が刻まれていた。

大通りを歩きながら、太陽のピラミッドへと向かう。なま暖かい風が、乾いた砂をさかんに舞い上げている。顔をすっかりスカーフで覆い、目を閉ざして歩く。たびたび立ち止まり、小さな竜巻が通りすぎるのを待つ。

ガイドがなまりの強い英語で、この大通りは「死者の道」と呼ばれていると説明する。その言葉に一瞬、重病の父の姿が瞼をよぎり、心が凍る。が、しかし、そのすぐあとにそのガイドが、実はこの「死者の道」という名は、のちの時代になってこの廃墟にやってきたアステカ族が、ここを支配者や神官たちの墳墓と間違えて付けたものだと言う。それを聞いて、私の気持ちも少し安らいだ。ピラミッドとはいうものの、王の墓だというエジプトのピラミッドとは違って、無数の雛段をもつ台形が集まったもので、神殿なのだという。太陽のピラミッドの、数え切れないほどのたくさんの階段を休み休み、頂上まで登る。さすがに乾いた砂も、この頂上までは舞い上がってこない。びっしょりかいた汗を、心地好い風が冷ましてくれる。

頂上の神殿跡にある石にもたれ、三六〇度の遠景を眺めながら、テオティワカンの昔日の栄華を思う。雄大な気分になって空を見上げる。白い雲が流れていく。白雲千載　空しく悠々……か、昔習った漢詩が思い出される。

昔人已に黄鶴に乗りて去り
此の地　空しく余す黄鶴楼
黄鶴ひとたび去って復た返らず
白雲千載　空しく悠々

今いるのが、メキシコのテオティワカンの遺跡であることを忘れる。ここがマグレブの寺院跡であろうと、飛鳥の藤原宮跡であろうと、平泉の古戦場の跡であろうと、それはもはやどうでもよいことのように思われた。ただ途方もなく遠い昔の廃墟にいるという事実だけで十分だった。

そして、ただ〝滅びしものはみな懐かし〟の一心であった。

グァダラハラの別れ

四日間メキシコシティに滞在したあと、この旅の目的地であるグァダラハラに行く。

グァダラハラはハリスコ州の州都で、メキシコ第二の都市。ブーゲンビリアをはじめ、そのほか名も知らぬ南国の色鮮やかな花が咲き乱れるこの街には、かつての植民地時代の名残りなのか、コロニアル風の家々が建ち並ぶ、とても美しい街である。

ここでの夫の仕事というのは、グァダラハラ自治大学の医学部と、夫の勤める大学の医学部とが姉妹校になるための、諸々の条件の詰めをやり、その書類にサインすることであった。大学の隅々まで案内してもらい、私もついでに、私の大学のカリキュラムと比較検討してみたりした。

仕事を終えたら、あとはご当地流というか、メキシコ流といおうか、とにかく陽気にいきましょうということになる。

さっそくB教授の、高級住宅地にある家に招かれる。白い石の塀のある、白い石の家で、中庭には芝生が植えられていて、その中央に噴水がある。パティオの横の、木の皮で編んだスペイン風の椅子がある部屋で、スペイン風のもてなしを受ける。

B教授の風貌といえば、テキサスのカウボーイといったところで、ソンブレロでもかぶれば、まさにチャーロそのものだ。夫人はエリザベス・テーラーに似たなかなかの美人、彼女が長いスカートをつけ、レボッソを肩にでも巻けば、これがまさにチタ・ボブラーと化すだろう。

帰りがけに、さらなる高級住宅地を見に連れていってくれる。住んでいる街の名を聞けば階級がわかるといわれるメキシコであるが、そこはメキシコシティでいうなら、ローマス・デ・チャペルテベックかペドレガル・サン・アンヘン、アメリカならばビバリーヒルズにでも相当するところだろう。昨日お会いした学長さんの邸宅はここにあり、四度目の結婚で結ばれたアメリカ人の夫人と住んでいるとのこと。

「学長がお若かったときには、あなた方のようなお客様はご自宅にお招きなさったのですが、この頃は、すっかりお元気がないようで……」

などと説明してくれる。

一等地に建つこんな大邸宅に招かれたら、メキシコの超上流家庭の生活を垣間見ることができたのにと、とても残念に思う。

学長さんの邸宅の何軒か先に、これまたひときわ目立つ豪邸が見える。どんな人物の家なのかと尋ねると、

「マフィアのボスの家ですよ。ただ、今この家の主はここには住んでいません」

との返事。どこか別邸にでもいるのだろうかと思っていると、

「刑務所ですよ、刑務所。今は囚われの身です」

B教授の話によると、メキシコの刑務所というのは結構立派で、電話までついていて、外部との接触もできるのだという。彼はそこから電話で、五つあるといわれているアジトに指令を出しているという。このあたり一帯はまた、有名なマリファナの産地で『グァダラハラ・マフィア』という小説の舞台にもなっているという。

グァダラハラといえば、もう一つ思い出されるものに、ランチェーラがある。メキシコには、夜中に恋人の家の窓辺で歌をうたう、セレナータという習慣がいまだに残っており、そのとき歌うのが、このランチェーラなのである。スペイン民謡とメキシコ民謡が混じり合って、この地方で生まれ、カウボーイの歌として広まったもので、このランチェーラを演奏す

る楽団が、あの有名なマリアッチである。バイオリン、ギター、トランペットでメロディーを奏で、リズムも刻み、それに歌が加わる。

ランチをともにした人のなかに、そのマリアッチを使って求婚したというペイン・クリニックを開業している日本人の若い医師がいた。ただなに分、学生の頃だったから、プロのマリアッチを雇うことができず、友人連中がにわか仕立の楽団を作り、真夜中、メソティソの彼女の家の彼女が眠る部屋の下から、ランチェーラを送り込んだのだという。三晩目に彼女がやっと部屋の灯りをつけてくれて、この求婚は見事成功したそうだ。だが夜の夜中に、あののっけからエンジン全開にして、自分の感情をストレートにぶつけるような情熱的な歌をガンガンやられたのでは、近所迷惑もいいところ、日本なら間違いなく警察沙汰になるだろう。

夕方には、そんな彼女にも会うことができた。もう二人の子持ちになっており、日本にも一度行って、夫の両親にも気に入られている様子。日本がとても好きになったが、なかでも日本の五右衛門風呂が気に入ったということだった。

グァダラハラ近郊にある二つの町にも行ってみた。民芸品の町トラケバケと、陶芸の町トナラである。

トナラ焼きというのは古くからあったのだそうだが、スペイン人到来後は、スペインの影響を受けて、今はカラフルな絵付けが特徴となっている。食器や壺、それにフクロウ、ハト、フラミンゴなどの動物をかたどった陶器が知られており、日本でも人気がある。

トラケパケの町をひとわたり見たあと、パティオのあるレストランで正餐となる。原色の花の咲き誇っているなか、孔雀やチャボが放し飼いになっていて、悠々と歩いているところでの食事。もちろんご当地が発祥の地であるマリアッチの楽隊も、さあ何でもご要望にお応えしますよ、という顔で控えている。

お酒はお馴染みの、竜舌蘭の蒸留酒テキーラに、セルベッソというビール。その他、竜舌蘭の別種の蒸留酒メスカルに、同じく発酵酒プルケなどなど……。

料理はトルティージャという薄いパンに、トウモロコシの粉の蒸し物タマーレスなどこれまた豪華。食べて飲んで、しゃべって飲んで……。

「メキシコシティの車のスピードと混乱ぶりはものすごいですね。信号をあまり見かけませんでしたが、あれで事故は起こらないんですか」

「事故はしょっちゅう起こっていますよ。事故が起きると、すぐおまわりさんが飛んできますし」

「たしかに、そういう光景は何回か見ました」

「そうでしょう。ただ事故はその場で解決させてしまいます。示談ですませるわけですよ」

「おまわりさんに、違反で捕まることはないんですか」

「これまた、しょっちゅうです。その時はですね……、そこが難しいところなんだけど、実はそのタイミングが難しいのですが……」

何だか急に要領を得なくなる。

「えっ？　何のタイミング？」

「さっと現ナマを握らせる……」

「へぇー」

「そうすりゃあ、おまわりも〝オー、アミーゴ、アミーゴ〟って、握手を求めてきますよ。そしてウインクして、〝さあ行け、アミーゴ、気をつけて行けよ。特におまわりにはな……〟と言って、手を振って送ってくれますよ」

「へぇー」

「日本では、そんなこと、ありませんか」

「日本のおまわりさんは、決してそんなことはしません。でももし、もしですが、同種のことが起こったとすれば、事故の主は政治家かもしれません」

「フランスでは、現ナマなど決して決して渡してはいけないといいますね」

「さすがフランスですね」

「そうです。決して渡してはいけません。おまわりの足下に、ポロっと落としてやるというではありませんか。中国では、免許証の間にはさんで渡すとか……」

どこまで本当の話なのかわからないが、まんざらウソでもないような話。のんきで陽気な会話は、夜遅くまで続いた。

こういう話を聞くと、ではメキシコ国民の心性にはどういう特性があるのだろうかと考え、私はパスの詩の一節をすぐ思い出す。

――メキシコ人は　仮面をかぶり　己の中に閉じこもり
身を守る存在のようだ

底ぬけに明るく、饒舌なあの人たちがと意外な思いにとらわれる。しかしまた、メキシコ人は二面性を持っているともよく言われる。光と影、激しさとやさしさ、明るさと暗さ、饒舌と寡黙、などなどが同居していると。

黄色と青い色、この二色を混ぜると緑色になるというのは、絵の具をパレットで混ぜ合わせたときの話、黄と青が混じり合って緑色になるのが常識だとしても、何かのはずみで、混ざったはずの黄や青が、かえって鮮やかな彩りとなって発現することがある。これが生物における血の不思議とでも言うべきものだと、私は思っている。メキシコ人の、あのコントラスト鮮やかな二面性も、こんなふうに言うことができるのかもしれないと。

グァダラハラを発たねばならぬという日の朝、私たちは昨日も一昨日も見た、高原都市独特の日の出をもう一度見ようと、早めに起きだした。

すでに東の空は、ほのかに赤みを帯びはじめていて、そんな薄紅色の空を背景に、街中にあるビル群や公園の木立ちが、灰色のシルエットとなって浮かび上がっていくさまを、全景で見渡せて素晴らしいからだ。時間の経過とともに、紅色はいよいよその濃度を増し、燃えるがごとく、空全体を覆い尽くす。〝まさに、明けんと欲する天〟といったところ。そして突如、二色の境界線に真紅の太陽が姿を現わし、次第に大きくなるというより、信じられないほどの大きさになる。太陽に目を奪われているうちに、紅色の空と灰色のシルエットはいつのまにか消滅していて、あとはどこにでもある朝の風景となる。

七時にホテルを出ると、カルロスの運転する車で、またジャカランタやブーゲンビリアなど南国の花々が争って咲く街を抜け、エアポートに向け、ひた走る。

グァダラハラ滞在中、ガイド兼ドライバーとして務めてくれた八十一歳になるカルロスには、何とお礼を言えばいいのだろう。とても若々しく元気溌剌とし、八十一歳にもなるとは見えないのだけれど、以前、心臓発作で倒れたこともあるというカルロスだけには、入院中の父の話もしていた。朝早くから夜遅くまで、私たちと付き合いどうしだったから、私たちが帰ったあと、過労で寝込んでしまうのではないかと心配であった。

「カルロス、どうかお体には気をつけて……」

それだけ言って、私は声をつまらせてしまった。もう会うこともないだろうことはわかっている。カルロスも目に涙を溜めて、私の頬にキスし、声にならぬ声で言った。

「ノス　ベモス　プロント。アスタ　ラ　ビィスタ。アディオス　ヨシコ」

飛行機が飛び立ってからも、私は顔を窓ガラスにぴったりとつけ、遠ざかりゆくグァダラハラの街を見続けていた。

「アディオス、グァダラハラの街」

しかし、グァダラハラの街はすぐ視界から消え、山岳地帯の上空になる。幾重にも、幾重にも重なるなだらかな山並み。その山々のまにまに、細く雲が漂っている。

「チャバラ湖かしら」

眼下に何かが光って見えた。


メキシコシティで国際線に乗り換え、ロスに向かって北上する。メキシコ高原、西シェラマドレ山脈……。北回帰線を越えたあたりから、眼下の景色は一変し、単調になる。土地が赤茶けてくると、〝不毛の地〟という言葉が頭をよぎる。

不毛の地、この不毛の地を越えていった、私たち日本人とも、メキシコのインディオたちとも祖先を同じくする、モンゴロイドに思いを馳せる。

二万年も前のアジアから、氷河期で水位が下がって陸橋となったベーリング海峡を、徒歩で渡り、北アメリカ大陸の各地に、長い時間をかけて散っていったモンゴロイド。さらにこの地を経て、赤道を越え、ついには南アメリカ大陸の南端パタゴニアまで到達した彼ら。その間に二万年もの歳月が流れたが、地球のてっぺんから真下までの二万キロ。二万年で二万キロの歩み。この一年に一キロの人間の歩みを、長いとみるか、短いとみるか。メキシコの上空を飛んでいる間、私は遠い昔を、私たちの祖先のことを、ひたすら考えていた。

久遠の昔から、時は一様に流れ続けてきたというのであろうか。そして、これからも流れ続けていくのだろうか。

ロス経由の帰国になるとわかっていたので、せっかくのこと、ロス在住のアメリカ人の友人夫妻に会ってから帰国しようと、ロスでの一泊をこのメキシコ旅行の最後に付け加えておいた。友人の夫妻はそれを喜び、「自宅にお招きするか、それとも海辺のレストランでひときの会話と食事を楽しむか、とにかく短い時間の再会だけど、目いっぱい楽しみましょうよ」と言ってくれていた。日本の陶芸についても造詣の深い人たちなので、日本を発つときから、備前焼きの小さな花瓶をおみやげにと、スーツケースの隅にしのばせておいた。

「トナラ焼きもいいけど、やはり彼らには備前焼きが一番だろう」

と私たちも、はや浮き浮きした気分になっていた。

予約しておいたロスの空港近くのホテルに着いた。そこで私は、父の死を知らされた。

第三章　時有ってか尽きん

一九九三年～二〇〇〇年

暗闇の木蓮

一見、恰幅がよく強靭そうに見える父であったが、若い頃からいくつもの病気を患っていた。大学生の頃の肺尖カタルから三十代はじめに患った結核、六十一歳のときの心筋梗塞、そして七十歳をすぎてからの直腸がんと膀胱がん。そのつど、幸いにも父は生き延びてきた。なかでも三十代はじめの結核は、結果的には誤診だったようだと父は言っているが、一時期、大学病院の生きては戻れないといわれた病棟に送り込まれていたという。八十歳になると、新たに腸の狭窄が見つかり、その腸の狭窄は手術して取り除かなければならないが、しかし今度は、その手術に心臓が耐えられるかどうかという状況になってしまった。心臓にある三本の冠動脈のうち、すでに二本は完全に閉塞していて、残りの一本が辛うじて機能していたものの、それも根元で狭窄しかかっていた。

主治医もさすがに今回の手術には躊躇せざるを得ないのか、やるかやらないかは家族で決めてくれとボールを投げ返してきた。

手術してもらったほうがいい、あるいはやらざるを得ないという母と弟と、終始とんでもないという私との間で、意見の統一がなかなかできない。どれくらい危ないのですかという私の質問に、しばらく言い澱んでいた医師が、

「確率でいうなら、三〇パーセントぐらいの危険があります」

と、答えた。

三〇パーセントとは、三回に一回は危ないということではないか。でも、前回も前々回の手術も大丈夫だったのだから、今回も大丈夫だと言いきる母と、前二回が大丈夫だったということは、今回が危ないということになるではないかという私。そして「そういう確率の計算はないだろう」と言う弟。わけのわからぬことを言ったついでにもう一言私は言ってみる。

「統計の推定検定では、危険率は一パーセントか、せめて五パーセントまで。危険率ちがいと言っても三〇パーセントの危険率なんて聞いたこともない」

「あなたは、統計学を勉強しなかったからね」

そう言って、母は今度も弟に味方する。弟に言われるならまだしも、母に統計学を知らな

いなどと言われる筋合いはないと思う。

三〇パーセントもの危険があるという手術を強行させることなど、血のつながった者にできるわけがない。せめて医師の言うもう一つの選択、一時しのぎとはいえ、腹壁に穴をあけ大腸を引き出し、人工肛門にするぐらいの手術にとどめるべきで、家が崩れそうだというとき、台所だけ直すようなことをしても仕方ないと思うと、私は主張する。

しかし、血管一本に生命を賭けた手術は行われ、腸の狭窄部分はきれいに取り除かれた。母はもう何日かすれば医師の許可も出て、正月には帰宅できるはずだと言い、弟は、

「あなたがガタガタ言うと、治るものも治らなくなるよ」

と、私のそれまでの言動を暗に非難した。

ところが一週間もたつと、誰もが前回のときとは回復の様子がだいぶ違うのに気がつかないわけにはいかなかった。


年末に私は、例年通り家族と一緒に正月を、南箱根の家で迎えるため東京をあとにした。新しい年の元旦がきて、今日で術後十日目だ、今日をすぎれば大丈夫だと、手術前に外科医の義弟が言った、「手術中は、麻酔医がついているから死ぬことはない。しかし手術後、十

日間は等しく危険な状態にある」という言葉が気になって仕方なかった。

夜になると、なぜか胸騒ぎがしてくる。虫の知らせか、早く東京へ帰らなければ……。明朝の早い汽車で帰京することにし、眠りの浅い夜を過ごす。

早朝の汽車に飛び乗って、病院に到着すると、集中治療室の中に父はいた。十数本のチューブを付けられ意識のない父。痙攣がくるたびにベルが鳴った。昨夜遅く、心筋梗塞と狭心症の発作を起こし、今は心不全の危篤状態にあるという。


夜中、目が覚める。いつものようには眠りに戻れない。

まだ真夜中なのか、もう朝が近いのか、北側の窓際のカーテンを少し開けてみる。部屋の中よりは少し明るい闇。

小雪かと思われた白は、窓辺近くの木の枝に芽生えた蕾であることがわかる。目を凝らすと、葉をすっかり落とした木蓮の木の枝に、ぼんやりと白く浮かぶ蕾が見分けられたのだ。

もう二十年も前のことになるが、私が武蔵野のこの家に来た頃、庭のちょっとした竹林の横に、一本だけ大きな白木蓮の木があって、花の季節になるたびに見事な白い花をつけていた。満開になると、青い空を背景に、羽を広げた白い蝶が乱舞しているかのように見えることがあった。

家の建て増しのため、この木を切らなければならなくなった。それから何年かたって、そこからだいぶ離れた家の北側の陽のまったくあたらない場所に、小さな若木が育っていることに気がついた。切り倒した木蓮の子供のような苗木。そんな子供がひょろひょろと背丈を伸ばし、もう二階建ての屋根を越えていた。そしていつのまにか、花をつけるようになっていた。花を落としたあとも、その大きな葉っぱの色を、白っぽい木の幹の色とマッチさせて、わが家の夏の日々を楽しませてくれていた。ただ秋が来て、寒さが身にしみる頃になると、勝手なもので、私は北側の窓辺に近寄って外を見ることもなく、木蓮がすっかり葉を落としていることさえ知らずにいた。

静寂のなか、雪のように白い蕾を見つめる。集中治療室に横たわる父を想う。長い危篤状態のあと、やっと意識が戻りかけている父。医師も看護婦も姿を消し、医療器具の音だけが不気味にこだまする真夜中の部屋。消灯され、天井にある常夜灯だけが鈍く光る部屋で、父は何を思って寝ているのだろうか。それとも目を覚ましているのだろうか。

闇のなかで目を開き、焦点も定まらぬ虚ろな目で、天井の灯りをただ意識もせず見ているのではないか。動かぬ体に、自分の状況を理解し、いま自分が死の床にいることを知るのではないだろうか。そんな無情なことがないように、静かに眠っていて欲しい。

怖い、心底怖い、と思う。どうかただ眠っていて。いっそのこと意識など戻らないでいてくれ……。

ベッドに戻り、布団を頭からかぶる。


しかし、父は死ななかった。意識のない状態は一ヵ月近くも続いたが、持ち直し、徐々に回復し、二月中頃には一般病棟に移れるようにまでなった。

メキシコへ私が旅立ったのは、そんな時機のことだった。

最初の記憶

一つの情景がまず思い浮かぶ。

春爛漫、一面に菜の花の海。そんな田圃の畦道を、私たち四人が歩いている。小さな私と三歳上の姉、妹をおんぶした若い母と。

一九四五年（昭和二十年）の春、九州の田舎町、福岡県浮羽郡吉井町に戦禍を避けて、疎開中のことである。

五歳の私が、四人の先頭に立って得意気に歩いている。というのも、その日の道案内を頼まれたのは、年上の姉ではなく、私だったからである。行き先は、子供の足にはかなり遠いお百姓さんの家で、野菜や牛乳などの買い出しが目的だった。

大きなはぜの木のところまで来ると、そこで道は二股に分かれ、しばらく先でまた一つに合流している。母が私の顔を見た。

「どっちの道を行けばいいの？」

私は迷わず右側の道のほうへ、みんなを手招きする。どちらの道を選んでも、農家にたどり着けることは知っていたのだが、行きは少し遠回りの右側の道を、帰りは近い左側の道を案内しようとの心づもりでいたからだ。

農家で食糧を分けてもらっての帰り道のこと、また二股の別れ道のところまで来たとき、一瞬早く母が言った。

「今度はこちらの道にしましょうね。そのほうが少し近いから」

それは私が言うべきことではなかったのか。それを先に母に言われてしまって、私は気分を害してしまう。もう道案内などしてやるものかと、すっかりむくれて、先頭に立つことさえ拒絶し、私はみんなの後ろから、道草をくいくい、とぼとぼと歩いていく。

これが私の最初の記憶である。

初めての記憶が五歳を過ぎてからのことというのは、ずいぶん遅い。友人たちと比較してもかなり遅いことは私も自覚していた。文豪を引き合いに出すまでもなかろうが、トルストイの最初の記憶は、母親が自分を産湯につけているときのことだという。たしか三島由紀夫も、同じような記憶があると書いていたように思う。

しかし、私の場合、いくら記憶の糸をたどってみても、この五歳の記憶より前には進まない。だからかいつもこの情景を、この世に生まれ落ちた私の、貴重な初めての記憶ということで、その後何度も反復して思い出している。

考えてみれば、この初めての記憶のなかで私は、些細なこととはいえ、すでに母と感情の衝突を起こしており、家族の中に父の姿がないことにも気づく。実はこの二つの事実は、私の将来を暗示しているようで、私にはとても興味深いのである。実際、長じて私は〝性格に難あり〟を自認することになるし、たしかにわが家では〝学者である父〟の不在がちは、父の大学定年までの長きにわたって続いた。

昭和二十年といえば、十六年十二月八日に始まった太平洋戦争も敗色濃厚で、次第に敗戦へと雪崩をうって傾いていた頃のことである。

歴史の本によれば、私が生まれてまだ記憶がない頃の、日本の戦況は大ざっぱにいうとこうだ。緒戦の勝利はともかく、その後ミッドウェー、ソロモン、ガダルガナルと次々に敗北、そしてサイパン島の陥落へと続く。本土決戦をも辞さないと、各家には防空壕が掘られ、竹槍訓練、バケツリレーによる消火訓練などが行われるなど、一億国民、耐乏生活を強いられていたのである。

やがて日本の上空には、米国の長距離重爆撃機Ｂ２９が編隊を成してやってくるようになると、空爆にさらされそうな都市の住民は、次々と安全な田舎へと疎開しはじめた。

そんな戦況のなか、私たち家族も、父の大学の学科自体の疎開にともなって、福岡県の南部に位置する浮羽郡に移動することになった。この一帯は、耳納連山の麓の比較的豊かな農村地帯で、福岡市からも、八幡や戸畑をはじめとする北九州の工業地帯からも、あるいは久留米市からも離れていて、安全な場所であるとされていた。

しかし、このあたりの上空は、北九州方面に襲来する敵機の侵入路にあたっていたため、ラジオから、「敵の中型機六機、飯塚付近を南西に侵入中」とか「敵のＢ２９の中型編隊が薩摩半島上空を北進中」といったニュースが流れるたびに、警戒警報が発令され、夜間は燈火管制が厳しく布かれていた。〝警戒警報発令〟の声を、姉は今でも鮮明に記憶しているという。それはいつも彼女に、なにがしかの恐怖をもたらすものだったという。

実際、福岡県も各地で恐ろしい空襲に見舞われていた。八幡、若松、戸畑、小倉、門司と工業地帯への空襲に続き、浮羽郡の近くの太刀洗にあった陸軍の飛行場施設が猛爆撃を受け、次いで福岡市と久留米市も空襲によって焼け出された。

父は幸い戦争に狩り出されることはなかった。もちろん父にも召集令状はきたのだが、検査の結果すぐに免除になったらしい。徴兵検査のため、父は郷里の北海道まで三日がかりで、汽車から船、船から汽車と乗り継いで行ったという。しかし、もともと体が丈夫ではなかった父は、なんとか郷里にたどり着いたときには、食べ物も喉を通らないほど衰弱しきっていて、とても兵役は務まらぬと追い返されたのだという。その代わりというわけか、戦時研究に従事させられていたようだ。

燈火管制のなか、家の書斎の窓をカーテンで覆い、飛行機が青インクで描かれている大きな用紙を広げて、飛行機のどの部分に打撃を与えれば撃破できるか、といった研究をしていたのだという。家には落下傘もあったから、これも研究材料の一つだったのだろう。その落下傘の布で、母が私たち姉妹に、ひらひらのフリルがついた洋服を作ってくれた。化学繊維のスフしかない時代に、母が作ったその羽二重のような感触のドレスを着ると、なんだか夢心地になれたものだ。

飛行機の絵が描かれた印画紙や落下傘のほかに、うすい罫線の入った多量の紙、計算尺、ガチャガチャと音をたてる手動の計算機なども、家にあった。ただこれらの備品や用具類は、戦時研究用のものでなく、父の本来の研究に必要なものであったのだろう。

のちに私は、父が書いた著書の序文に、次のような文章があるのを知ることになる。

――本書は昭和二十一年夏頃から起稿し、約一年間を執筆に費やしたが、その前半は疎開地であった福岡県浮羽郡吉井町においてであった。私達の研究室を戦災から守って呉れた、この町の人達の厚意を、私は感謝の念をもって想起せずにはいられない。後半は、この地を去って、久留米に移ってからの執筆であり、修理工場であった仮寓に、一本のローソクの灯に顔をよせて眼力の疲れを気にしながら、漸く筆を運んだものである。

八月十五日の終戦の日、吉井の町に終戦を知らせるビラが空から撒かれた。ビラの内容を私は覚えていないが、米兵がやってくるから、女子供は外に出るなとも書かれていたという。それから占領下の生活が始まった。終戦後一年半たっても、大学は本拠地の福岡市に戻れなかった。福岡市も激しい空爆の被害を受けており、まだ復興も進まず、受け入れる余地がないということで、わが家の疎開生活はもうしばらく継続を余儀なくされた。

そこで大学当局が、久留米地区占領軍と折衝した結果、久留米市国分町にあった元歩兵第四十八連隊跡に、学部ごと移転することになり、私たち家族も、他の教職員の家族と同様、通称四八（ヨンパチ）の連隊跡にそのまま残されている兵舎に住むことになった。現在ここは、陸上自衛隊久留米駐屯地となってそれこそ整然と整備されているが、当時は、負け戦のため離散した軍隊の、いわば兵《つわもの》どもの夢の跡といったところであった。

兵舎の中でわが家にあてがわれたのは、軍隊の作業場、どうやら鍛冶屋として使われていたという細長い木造の平屋で、広いといってもコンクリートの作業場が大部分を占め、その端っこに申しわけ程度の、暗くて小さな部屋が三つほどついていた。その一つを父の書斎にし、残りを食事用の部屋と寝室にしていた。水道もあるにはあったが、これらの部屋から一番遠い場所にあって、水汲みも子供にとってはひと仕事。便所ももちろんついていたが、今思えば、とにかく人が住めるようなところではなかった。

しかし、私たち子供にとってこの広い連隊跡は、危険も付きものだったが、遊ぶのには困らない絶好の場所であった。

今あらためて連隊跡の地図など見ると、遠い日の記憶が鮮やかに甦る。ここがよく遊んだ昆虫の住処だとか、このあたりの桜の木になっていたさくらんぼは美味しかったとか、この木立ちを抜けると、高良川への近道に出るとか……。

一九四七年(昭和二十二年)四月、私は七歳になり、福岡第一師範学校女子部付属小学校(のちの福岡学芸大学付属久留米小学校)という長い名前の小学校へ入学した。

二十一年十一月三日に公布された日本国憲法に則って、教育基本法、学校教育法が制定され、私が入学した年は六三制の誕生した年でもあった。一年生の国語の教科書の最初のページはこうだ。

なかよしこよし　みんないいこ
おはなをかざる　みんないいこ

三歳上の姉のときには、まだ国語の教科書はカタカナ書きで、ところどころに黒く塗り潰された伏せ字もまだあったという。私は新しい教育制度が始まった年に、学校教育の第一歩を踏み出したことになる。

兵舎から、花畑町にある小学校までは三キロほどあり、花畑町に入るまでは田圃の中の一本道を通らねばならない。朝、同じ学校に通う兵舎の子供たちと一緒に出かけるのだけれど、中学生や小学校上級生のお兄さんたちにはついて歩けず、途中から姉と二人だけになることが多かった。靴などはなく、よくて下駄ばき、裸足のこともよくあった。雨の日などはよく馬糞も踏んだし、畑や田の稲や麦の切り株で足を切ったりして、泣きべそをかいたこともよくあった。

また、私たちの住む兵舎のすぐ後ろにある土地に、占領軍が進駐してきて、そこに約一五〇人の米兵が駐在していたのだが、その駐在地から演習に出かけるとき兵士たちの通る道が、私たちの通学路や通学時間と一致していたのである。週に何度か、数十台の戦車に分乗した米国の兵士たちが、周囲に威圧感をふりまきながら通るのだが、その不気味な地響きといったら……。遠くから戦車の音が聞こえてくると、「今日はまた来るぞ」と言って、懸命に姉と走る。田圃道で戦車に追いつかれてしまえば、私たちは田圃の中に逃れなければ危ない。田圃に下りて、米兵の乗った数十台の戦車の列が轟音をたてて通りすぎるのを待って、今度は学校に遅れまいと、また必死に走るのだった。

あるとき、止まっていた戦車の米兵が、田圃に隠れていた私たちに向かって手を振って、こっちへ来い来いと身振りする。こういう時は、知らぬふりをしなければならないと教えられていた。しかし、戦車の兵士はまだ、こちらに来るようにと笑顔で手招きしている。遂に私は姉の制止を振り切って、兵士のそばまで歩いていった。すると、その兵士が私に向かってチューインガムをぽんと一枚投げてくれたのだ。私はとっさに「サンキュー」と言い、チューインガムを受け取った。

ただそれだけのことであったが、すぐ私は、自分のとった行動を後悔した。この恥ずべき行為のことは、母や先生にはもとより、友達の誰一人にも言わなかったし、言えなかった。

知っているのは、一部始終を目撃していた姉だけである。チューインガムは決して口にせず、ずっとランドセルの奥に入れたまま隠しておいた。

戦時中のように、もう買い出しには行かずにすんだが、配給制度でなんとかなるものはあっても、食糧難は依然として続いていた。この軍隊の跡地でも、耕せるところはすべて耕し、作物を作っていた。肥やしを担ぎ、鍬を持ち、米と麦以外は何でも作ったと母は当時を回想する。

このように食糧事情も悪かったが、交通事情もひどかった。吉井町の頃、父が隣町の田主丸から、汽車といっても貨車の屋根に乗って帰ってくることもしばしばだった。

久留米に来てからは、父の東京出張の回数が増えた。ちょうどある研究所の設立準備に奔走していた頃のことで、母もずいぶん書類の清書を手伝わされたものだという。東京の父から「〇ヒ〇ジ　カエル」という電報がきて、御井駅から、脚にゲートルを巻いた父が帰ってきた。帰宅しても話ひとつしてくれず、よその父親のように子供たちをかわいがるようなことも何一つなかったが、私は家の外に出て遊びながら、いつも父の帰りを待っていた。東京で病気になったという父が一度、御井駅から人力車に乗せられて帰ってきたことがあり、それも私には忘れられない記憶になっている。

この頃、学校のことでも私には忘れられない出来事がある。ある日、何が何だかわからないまま、生徒全員が朝から学校の前の道路に出て、手に日の丸を持たされ整列させられたことがあった。そして、お辞儀の練習を繰り返しやらされ、日が高くなるまで待たされたのである。

しばらくして、やっと「お辞儀せよ」との合図が出され、仕方なくそれに従っていたが、なかなか「止めてよし」の号令がかからない。そろそろ頭を上げてもよいのではとあたりをうかがうと、もう大半の生徒が頭を上げている。私もおずおずと頭をもたげたのだが、そのときにはすでに、黒塗りの車が何台か風のように通りすぎたあとで、何のことやら。いや実は、それは当地を行幸中の天皇陛下御一行のお通りだったのである。それにしても、なんとも腑に落ちないことをさせられたものだという思いが、子供心にも不可解なまま残ったことだけは事実であった。

そして、久留米の軍隊駐屯地跡の兵舎での生活に終止符を打ち、福岡市に戻ってきたのは昭和二十五年三月、私はまもなく小学校の四年生になろうとしている時のことだった。

本の名残り

　一体、人はその生涯にどれだけの本を残すものなのだろうか。最近はそんなことをつい想像しながら考え込んでしまう。人が死ぬと、彼は遺産をいくら残したとか、借金だの負債だのをこれだけ残したというような話はよく聞くが、本がどうだこうだといった話は聞いたためしがない。個人が残した本は遺産として、プラスの価値として評価されるのか、それとも処理に困るといってマイナスになるのか。絵画、陶芸などの美術品なら明らかにプラスの価値が生まれ、値段が上がったりもするのだが。

　昔の、いわゆる学者といわれる人たちは、本のたくさんある書斎で過ごし、多くの弟子と呼ばれる人たちに囲まれていたものだ。だが時代は変わり、今は学者という言葉も、弟子や書斎という言葉もあまり耳にしなくなってきた。研究者でもコンピュータ一台で何事も事足りるといった極端な例もあり、これは電話一台あれば不動産屋はできるというのに似ていると私は思う。要するに、自分の身の回りに、本や論文やさまざまな活字資料をためこんでおく必要などなくなったということで、研究者たるもの、スリムなのがスマートなのだという風潮である。

こうした風潮からみれば野暮の骨頂のような父は、多量の本を残して亡くなった。中学、高校時代の頃から、父は大変な読書家であったというが、年とともにさらに多読になり、書きものも増えていったようだ。

ところが祖父のほうは逆で「少なく読み、多くを考えよ」が座右の銘だったという。書物を開いて、ものの一ページも読むと、何か思いついたり、疑問が起こったりで、そのことの始末のほうに興味が移ってしまう。祖父には、書物はいわば一種の点火器の役目を果たしていたにすぎなかったようなのだ。これはインプットは少なく、アウトプットは多いという例といっていいだろう。父のほうはといえば、アウトプットも多かったが、インプットがさらにものすごく多かったということだろう。

かつてある講演会で、ある数学者が「インプットした分だけ、アウトプットが求められるのが理科系で、アウトプットが要求されない、あるいはアウトプットする必要がないのが文科系だ」と話されたのを聞いて、なるほどと思ったことがあった。となると父は、文科系と理科系両方の性質を持ちあわせていたということになると思うのだが。もっとも最近は、世の中せちがらくなってきて、文科系でもアウトプット、つまり論文や作品をものにしないと、若い人は職にありつけないようになっているらしいが、それでも理科系ほどではないだろう。

理科系では、いまやアウトプットは数量で表わされるようになっている。例えば論文は、それが掲載された雑誌のインパクト・ファクターなるものによって、完全に点数化されるといった味気ない世界。一見、正確で公平なようでいて、何か大きなものが抜けている（ことがある）という世の中なのだ。

父がその晩年を過ごした東京の家は、まさに汗牛充棟、座るところあたわず、所狭しとばかりに本が置かれていた。書斎や書庫はもとより、居間や客間にもそれは侵入してきていて、人間の居場所を浸食していた。さらに家の軒下にも、ビニールをかぶせて本が置かれていた。何度か引っ越しもしたのだが、どうしても捨て切れなかったのだろう。あるいは単行本や雑誌、原稿など少し整理して、人間の領土を拡大したほうが快適な生活ができるだろうに……というような考えは、どうやら父の頭には、それこそ頭からなかったようなのだ。

家族はこれだけのものを、いつかは処分しなければならない日がくることを内心気にはしていたが、父の二度目の職場にもまだ大量の書類があることは、不覚にもまったく私たちの頭になかった。

その二度目の職場である研究所を退職した頃のこと。母から電話があって「研究所に置いてある本などを引き上げてこなければならないのだけど、もううちには置けないから、あなたの家の庭に物置を作って、置かしてくれないか」と言ってきた。

庭だろうが何だろうが、人の家まで占領してくるとは。ちょっと呆れて、私は即、断る。しかし「明日入院」には負けて「大学の私の研究室なら置いてもいい」と答えてしまう。同じ申し込みを弟にもしたらしく、弟も、自分の研究所の部屋になら置いてもよいと返事したという。ちなみに、後日知ったことだが、弟の家にはすでに父の本が侵入していたのだ。

次の日、弟が入院した父を見舞い、引き上げる本などの処置について父と話し合った。なんと三室も占領しているとのことで、この部屋のこの本箱のこの部分は何に関するもの、あの部分には何に関するものと詳しい説明。弟のほうは要するに、運搬のためのダンボールが何個必要なのかを知りたかっただけのことなのに、なんと一二〇箱ぐらいになりそうだという。夜、弟より電話で、私の大学の部屋に何個ぐらい送ってよいかと問い合わせてきたので、十個か二十個ぐらいまでと返事する。なんでも、A、B、Cの三つのランクに分け、大事そうなAを私たちの大学と研究所に、Bは父の家の軒下に、Cは残して処分してもらうことにしたのだという。

また次の日、弟は父の研究所に行き、大勢の人に手伝ってもらってダンボールに詰め、発送した。私は私で二十個ものダンボールが送られてきたら、研究室のどこに置けばよいものかと思案にくれる。

またまたその翌日、大学でのこと。三時に講義を終え、部屋に戻ろうと外に出ると、大きな日通のトラックが目に止まる。もしやといやな予感。やはり、例のダンボールたちのさっそくのご到来。一個のダンボール箱さえ私には重くて持てない。台車を使って部屋まで運んでもらう。部屋が暗くなりそうなほどのダンボールの量。聞くと三十四箱あるという。部屋の入口の隅に、背の高さより高く積み上げ、なんとか畳一枚分ぐらいのスペースにおさめる。運送してきた人に「あのトラックは何トンですか」と尋ねると、「四トン・トラック」とのこと。

「こんなに積み重ねると、地震のとき危ないですよ」

と、ご親切にも忠告してくれる。おやじの本の下敷きになって死んだ娘となれば、これ美談ではないか。

夕方、弟に電話。

「おぬし、やってくれたわね。よくぞ送ってくれたじゃない。三十四個もあるじゃあないの。十個から二十個ぐらいと言わなかった？」

「そう言うなよ。僕のところにもそれぐらいきている。経済関係をそっちに、統計関係はこっちにした。統計のほうは箱詰めのとき少し捨てたし、ファイルが多かったんで、一個一個は割に軽くて助かっている」

「こちらのは重いわよ。びくともしないんだから」

「僕の部屋では、とりあえずコンピュータの前に置いたので、しばらくコンピュータは使えなくなったけど、徐々に捨てていくから」

私の部屋に押しかけてきた分を、一個五〇キロで計算すると、計一七〇〇キロ、つまり一・七トンの重量になる。なんでも屋上にヘリコプターが発着できるようにするためには、下の建物の床が、一平方メートルにつき三〇〇キロの重量に耐えられなければならないということだから、私の部屋の床の一部は今、ヘリコプターが発着できるほどの重量に日夜、耐え続けなければならないことになったわけだ。

そんなわけで、本は私たちの家族、母と四人の姉弟の、ずっとずっと頭痛の種であった。

父が死んで、入院のたびに書いていたという遺書を読むことになった。弟が神妙な顔で読みはじめた。しばらく読み進むと、

「……本の所有権は○○に……」

弟の声が一瞬低くなったが、私は聞き逃さなかった。○○というところでたしかに弟の名を聞いた。と一瞬、私たちは顔を見合わせ、弟の顔をのぞきこんだ。弟のえも言われぬ顔。そしてみんなの間から笑い声がもれた。やっかいな本が弟のところへ行く。トランプの〝ババ抜き〟でいうなら、まさにそのババが弟のところに走り込んだのだ。

それに、本の所有権などと表現しているところが、いかにも父らしい。権利でなく義務という言葉を使ってほしかったのだが……。「本の処分の義務は弟にあり」という具合に。そしてその遺書は、「学者の妻に徹してくれた○○の安らかな余生を祈る」と結ばれていた。

葬儀などが一段落すると、弟は本の整理を始めた。几帳面に捨てる本までディスクにファイルしているようだったが、私は結局自宅に何トンの本を残したのか、重量のほうが気になっていた。

一年ほどたって、自宅にあったその何トンかの単行本はすべて、父のかつてのお弟子さんが学長を務めている、ある短大の図書館に引き取られていった。たしか短大から大学になる

ためには、図書館にある程度の蔵書がないと、文部省の認可が下りないということのようだった。お蔭で本の去った家は見違えるように広々としたものになった。まあ、これが本来の姿であったのだが。

〝所有権〟のあった弟は、最近になって研究所に置いてあったダンボールをどうやら処分したようだ。捨てたとは言わなかったが、「腰を痛めたよ、腰痛だよ」と言うので、私はそれと理解した。

私はといえば、まだ大部分そのままに部屋に積み重ねてある。小出しに捨てようと、何度か部屋の清掃の人に持っていってもらったこともあったが、せっかくきっちり積み上げられたダンボールの山が一箱、二箱と取り除いたために、バランスを崩して倒れてくる危険もあったからだ。

幸い、キャンパスに新しい研究棟が今できつつある。私もそこに部屋を移すことになる。もうすでに私も人生の収束に向かう時期に達しているから身軽になるよい時期だ。移転のどさくさにまぎれて、父の名残りのダンボールの山も姿を消すことになるだろう。私は、そういう心づもりでいる。

高尾の墓

二月のある寒い朝、福岡にいる父が心筋梗塞の発作で倒れた。父が六十一歳の時のことである。私はすでに結婚して東京にいたのだが、その知らせを受けたときの衝撃は大きかった。

忘れもしない、この日は私の大学の入学試験の日で、私は試験の監督のため、三田のキャンパスに行かねばならなかった。遅れてはならず、渋谷でタクシーを拾おうと私は焦っていた。まだ東京に出てきてまもない頃で、急ぐときはタクシーを拾えばよいという福岡の習慣が身についていて、急ぐときは電車に限るという東京の交通事情のことをまだ知らなかった。

待てども待てども来ないタクシー。大学に電話すべきだろうが、それもできない。電車にすべきだろうか、それでは間に合わない。冷汗が出てきて、血の気が引いていくような気がして、私はへなへなとアスファルトの道に座り込んでしまった。

三田に着いた時には、すでに入試の開始時刻はとうに過ぎていた。私の監督すべきところは他の人が代わりにやってくれていて、私は控室で待機ということになった。断っておくが、こういう大事な時に遅刻したのは前にも後にもこの時だけだ。

監督者が出払って、誰もいなくなったがらんとした控室で、私は何をするでもなく一人で座っていた。部屋の片隅の書架に雑誌類が置いてあるのに気づいて、その中の一冊を取り上げた。「中央公論」であった。

読みはじめたのは、連載中の児島襄の『東京裁判』。普段は小説類に目がいく私だが、この日は別だった。かなり読み進んで「判決」という章のところまできた。

――広田弘毅首相＝デス・バイ・ハンギング。広田元首相は他人の話を聞くときは眼をつぶる。このときも、眼をつぶって宣告を聞き、イヤホーンをはずすと傍聴席の令嬢たちの姿を探して、微笑を送った。

そこまで読んで、私はたまらず本を伏せた。電話が鳴ったのは、ちょうどその時のことだった。電話のベルになぜか一瞬恐怖をおぼえていたら、その電話は私にかかってきたものだったというではないか。誰だろう、この部屋に私が今いるということなど、誰も知らないはずなのに……。私は狼狽した。

電話の主は、福岡の姉だった。私の大学の三つあるキャンパスの中をあちこち回り回って、やっとこの場所を突きとめてもらったのだという。電話の内容は、父が今朝、自宅で心筋梗塞のため倒れた。病気が病気だけに、この一両日中が危ないということだった。姉は冷静に伝えたが、聞いていたほうの私は動転した。

私は今どうすればいいのだろう。帰るに帰れない。弟に帰ってもらおう、弟に電話しなければ……。今度は私が、弟のいる大学のあちこちの場所に電話を回してもらうことになった。

「私は今は帰れない。あなたが帰って、福岡に。もしものことがあったら……」

とそこまで弟に言うだけで精一杯。

まんじりともせず過ごした一夜。私の机の上にある古くなった蛍光灯が消えかかっていて、ときどきチカチカする。消えるな、消えるなと、蛍光灯を見つめながら心の中でつぶやく。

幸い、父は一命をとりとめた。その後、その朝の虫の知らせとでもいうような奇妙な出来事を思うにつけ、もし父に一大事が起こったら、私はそれを感知できると思うようになっていた。

しかし、その考えは見事に裏切られた。私は父の死を感知できなかった。テレパシーもメキシコの空までは届かなかったのだろうと思っても、何の慰めにもならなかった。

生来私は、楽観的といおうか、あまり深く物事を考えない性格だったから、幸いにして、死ということにも無頓着に生きてこられた。

死の恐怖を感じたのは、小学校一、二年のある夜のこと、それ一回だけである。突然意味もなく死ぬのが怖くなって寝つかれず、それを母に告げると、「じゃあ、お母さんの言うことをよく聞いて、いい子になりなさい。そうすれば大丈夫」と母は答えた。

なんだか、はぐらかされたなあという気はしたものの、そのときはそれですぐ眠りについたのだから、母の言葉はその時点では適切なものであったのかもしれない。だが、のちに私は気づいた。こちらがあんなに真剣な問いを発したのだから、母親として、もう少し上手な返答の仕方がなかったのかと。そう思うと、あらためて不満が募ってきたりもした。もちろんまだ私は幼かった。

ただ、それ以後も私は、親しい人の死に直面することもなく、死はいまだ遠くにあった。中学生になると、私も多少なりとも文学書などを読みはじめた。例えば『方丈記』の一節にこうある。

知らず、生れ死ぬる人、
何方《いずかた》より来りて、
何方へか去る

こういうものをはじめ、古今東西の名文名句に接し、人間存在の不思議さに心を打たれたりもした。

理科の先生は、宇宙ができてから今日までを一年にたとえると、人類の出現は最後の数分で、人の一生など秒にも満たない一瞬のことと、宇宙に生きる人間の小ささ、はかなさを少し科学的に、より説得力のある言い方で説明してくれた。

〝三平方定理〟のピタゴラスは、「万物は数なり」と、世界のすべてを数学的原理で解釈した人だが、「人間の霊魂は不滅な実体のあるもので、肉体が死んでも霊魂は死なず、転生を繰り返す」というおもしろい輪廻観を持った人物でもあった、と伝記で読んだ。またピタゴラスは、半ば伝説的な人物で、本当に実在した人物かどうかは疑わしいともいわれているが、それはともかくピタゴラス自身、自らの霊魂が経てきた転生の旅を記憶していたという。当時の私は、一点の疑いもない真理であるピタゴラスの定理と、こういう輪廻観の組み合わせが実におもしろいなと思っていたのだ。

ところが最近になって、高齢に病気が重なる父に、死は避けられない、父は死ぬだろうと直観したときから、私にとって死は他人事ではなくなった。まさに〝生死事大〟であった。

その頃、私は石上玄一郎氏の『輪廻と転生』(人文書院)という本を読んだ。東西の輪廻思想を紹介し、それに関して模索し、併せて著者自身の輪廻観を語ったものであった。そして、この著書の最後の部分に、著者が「この私とはそも何ものか」と自問したとき、脳裡にある心象が浮かぶと語ったあと、ふるさとの「北国の荒涼として昏い海岸の風景」に託して述べられている文章がある。


――私はその際涯もない海に漂う一沫の泡にも如かない。泡は風波のたわむれによって生れ、ほんの束の間くるめき流れ、忽ちまた消えて行く。それは他愛もない、あるかなきかの生存であって消えてののちはあとかたもない。

だがこのとるに足らぬ泡はまたそれが浮んでいる海そのものなのだ。一沫の泡の中に海は揺れ動き、その海の上に無数の泡は流れ漂う、その泡の一つ一つはそれぞれ広大な海をたたえ……(略)

——この流氷のわれる束の間にも泡は明滅しその明滅の刹那に悠久の時は流れ、その悠久の中に太古以来、無量無数の泡が明滅し、明滅の一瞬はそれぞれ一つの永劫をもっているのだ。

人間はもとより単に、炭素、水素、窒素、その他の諸元素が、仮にしばらくの間まとまって形をそなえているもので、生死はエネルギーの遷移にすぎない。そんな死をカモフラージュするのに、これほどよい表現はないのではないか。重い内容を取り扱っている著者に、軽佻浮薄な一読者である私が、文章が気に入ったとか、納得できたとか言うのは迷惑千万なことは知りつつも、私は、この文章を読んでさえいれば、心安らかでいられると思わずにはいられなかった。もうそれ以後、私は「生死事大」を究めんとする哲学書も宗教書も文学書も漁ることはなくなった。そしてそのまま現在に至っている。

八十三年の生涯を終えた父は今、東京郊外の高尾にある墓地で眠っている。ときどき庭に咲いた花を持って、私は墓を訪ねる。線香をたくでもなく、拝むでもなく、何事かを報告するわけでもなく、まして墓を掃除しようとするわけでもなく、しばらく墓石に座っている。当初は、そこにいると時間がいっこうに経過していかないという不思議な経験もしたが、今はそれもなくなった。高尾おろしの風に吹かれて、ただ座っているだけなのだ。帰るときには「じゃあまた」と声をかけ、高尾の駅に向かって歩きだす。墓の下の父にかわって、詩など吟じつつ……。

葬れ風よ、我を葬れ
親はらからは我に来もせて
さまよえる夕べと静けさ
土の息のみ頭上に漂う
我も汝のごと自由なりしが
あまりにも生くるを欲りしぬ
みよや風、わが冷やけきむくろを
誰が手にゆだぬべくもなし
夕べの闇のかつぎもて
この苛酷なる痛手を蔽い
水色の霧に命じて

我がために経よましめよ
我ただひとり、かるがると
最後の夢の国に去るべく
たけ高き山毛欅《ぶな》を鳴らして
わが春を謳えてしがな
（アンナ・アフマトヴナ、米川正夫訳）

あとがき

日頃、横書きの文章を読み、横書きの文章を書いている理系横書き人間の私には、縦書きの文章をものにするということは、一つの〝憧れ〟でした。

その縦書きの文章を書くというのは、ただ横書きの原稿用紙に書いたものをそのまま九〇度だけ正の方向に回転すればよいというわけではないことはわかっていました。日吉キャンパスに、「文学」の講義にいらしていた桂芳久先生には、いろいろ興味あるお話を聞かせていただいていたのですが、「文章は練習しなければだめです。書いてみなさい。そうしたら見てあげますよ」ともおっしゃって下さっていました。

一年間の研究休暇をイギリスで過ごすことになり、それではこの際、〝英国は不味い〟、などというのを書いてみようか、いや、それでは二番煎じか、などと思いながら、縦書きの原稿用紙を持ってロンドンに出かけたのでした。

帰国後、それらしきものがかなりの分量書き溜まりましたが、さすがにこの雑文を文学者の桂芳久先生に見ていただく勇気はなく、放って置くことになりました。

しばらくたって、それを慶應義塾大学出版会編集部長の田谷良一氏にお見せしたところ、「紀行文というのは一般にむずかしいもので、むしろ、自由にエッセイを書くつもりで加筆されては……」とアドバイスされました。どうやら、不味かったのは、英国ではなく、私の雑文の方だったようです。

それではと、紀行文ふう改め、エッセイふうにと、以前書いておいたものを加え、それらを新しい方から古い方へと並べ、三章構成にしてみました。その間、田谷氏は労をいとわず御指導下さいました。

以上のような経緯を経て、私の〝憧れ〟にも似た一つの夢が実現いたしました。

なお、装丁には、父の名残りの数トンのダンボールの中から無作為抽出した、薄い罫線の入った紙に書かれた論文の下書きと思われる一枚を使ってみました。一九六〇年頃のもののようで、もうだいぶセピア色に褪色していました。

二〇〇一年早春

竹中淑子

竹中淑子　たけなか・よしこ

慶應義塾大学経済学部教授（専攻／数学）。理学博士。1940年、福岡県生まれ。九州大学理学部数学科卒。大阪大学基礎工学部助手、慶應義塾大学工学部専任講師を経て、現職。著書に『グラフとブール代数』(共立出版)、『最適値問題』(培風館)、『線形代数的グラフ理論』(培風館)など。住所/東京都武蔵野市吉祥寺北町2-1-5

時有ってか尽きん

2001年4月20日　初版第1刷発行
2003年5月30日　初版第2刷発行

著者/発行者――竹中淑子
制作・発売――慶應義塾大学出版会株式会社
郵便番号 108-8346　東京都港区三田2-19-30
TEL〔編集部〕03-3451-0931
〔営業部〕03-3451-3584〈ご注文〉
〃　03-3451-6926
FAX〔営業部〕03-3451-3122
振替 00190-8-155497
印刷・製本――株式会社啓文堂
装幀――渡辺澪子

Printed in Japan　ISBN4-7664-0850-0